신도 神刀無雙
무쌍

사도연 新무협 판타지 소설
FANTASTIC ORIENTAL HEROES

신도무쌍 2

사도연 新무협 판타지 소설

초판 1쇄 찍은 날 § 2009년 3월 9일
초판 1쇄 펴낸 날 § 2009년 3월 16일

지은이 § 사도연
펴낸이 § 서경석

편집장 § 문혜영
편집책임 § 문정흠
편집 § 정서진

펴낸곳 § 도서출판 청어람
등록번호 § 제1081-1-89호
등록일자 § 1999. 5. 31
어람번호 § 제2-1692호

주소 § 경기도 부천시 원미구 심곡2동 163-2 서경B/D 3F (우) 420-822
전화 § 032-656-4452 팩스 § 032-656-4453
http://www.chungeoram.com
E-mail § eoram99@chollian.net

ISBN 978-89-251-1717-1 04810
ISBN 978-89-251-1715-7 (세트)

神刀無雙
신도무쌍

사도연 新무협 판타지 소설
FANTASTIC ORIENTAL HEROES

2 중원행

도서출판
청어
람

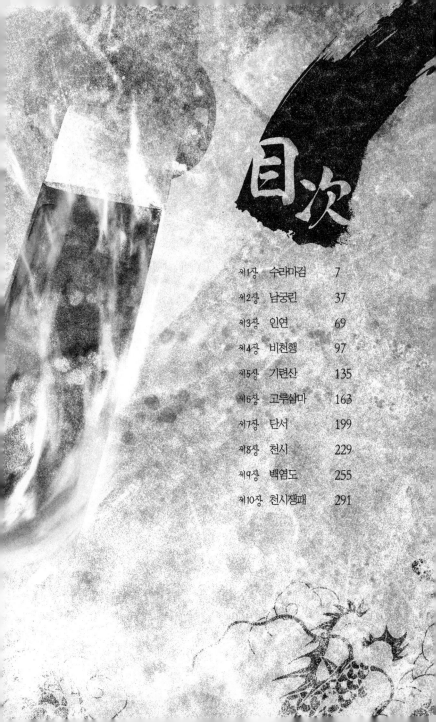

目次

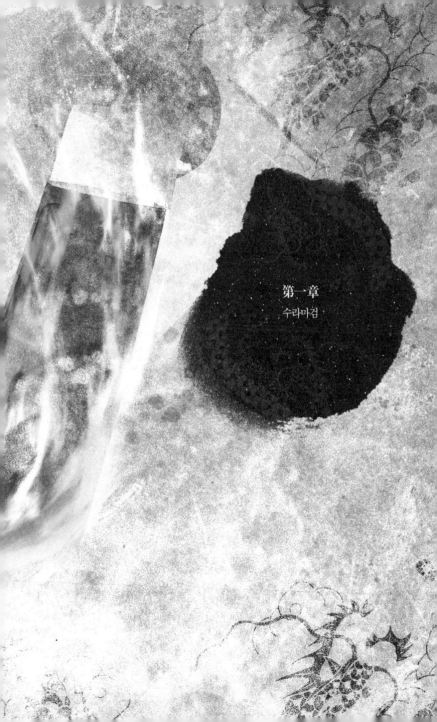

第一章

수라마검

神刀無雙
신도무쌍

어지러웠다. 나락으로 떨어지는 듯한 기분이라 소혼은 혼미해지는 정신을 바로잡기 위해서 이를 악물어야 했다.

마혼주(痲魂酒).

혼을 마비시킬 정도의 주정(酒精)을 가졌다고 알려진 술이다. 하지만 이것은 술이 아니기도 했다. 백일취면주(百日醉眠酒)라고도 불리는 것으로, 한 번 마시게 되면 혼백이 달아나 백 일간이나 정신을 잃어버린다.

일종의 산공독이지만, 독이되, 일반 독과는 달라서 제아무리 백독불침에 오른 자라 할지라도 한 번 마시게 되면 정신을 잃어버리게 만든다.

소혼은 혼백을 흩뜨리기 위해 힘차게 돌아다니는 마혼주의 기운을 억누르려 했다.

하지만 그때마다 반발력이 작용해 내상을 크게 입었다. 이미 입가를 따라 피가 흘러나올 정도였다.

"마혼주를 견뎌낼 정도라니, 역시 사도수라는 이름을 지녔던 자다운 정신력이야."

승태림은 놀랍다는 표정으로 말을 이었다. 성란육제 중에서 삼마에 해당하며 그 검이 너무나 빨라 빛마저 쫓아버린다는 절대위의 고수.

비록 성란육제 중에서 가장 최약체로 판별되는 그라곤 하지만, 이미 절대위를 밟았다는 것부터 만만하게 보아서는 안 되었다.

한데, 소혼은 마혼주까지 마셨다.

실력으로도 승패를 장담하기 힘든데 내상을 입고 정신력까지 흐트러짐에야.

"당신은 예나 지금이나 검을 휘두르는 방식이 똑같군."

수라마검 승태림은 뛰어난 실력을 지녔음에도 불구하고 정마대전 동안 모습을 드러내지 않았다.

살수로서 활동해 오며 자신을 본 자는 절대 살려두지 않았기 때문이다.

그는 마교에 위해가 된다 싶은 인물이 있으면 교에서 나와 단독으로 활동했다. 그리고 어떤 수를 써서라도 한 번 정한 상대의 목숨을 거두었다. 그것이 설사 강호 무인들이 증오하는 사술이나 방문좌도의 술수라 할지라도.

그런 까닭에 소혼은 자신에게 마혼주를 먹인 수라마검 승태림을 노려보고 있는 것이다.

하나, 이미 그런 눈빛은 승태림에게 익숙한 것. 되레 저런 눈빛을 가진 자들이 마지막에는 목숨을 살려달라고 애걸복걸하는 경우가 많았다. 승태림은 소혼의 고고한 자세를 꺾어버리고 싶었다.

"그냥 한 번 정한 상대는 새외 끝까지라도 쫓아가서 목숨을 거둬 버리는 사신 정도라 함이 어떨까?"

"미쳤군."

"미치지 않으면 이런 생활을 하지 못해. 그건 나보다 많은 사람을 죽인 네가 더 잘 알 텐데?"

승태림은 본디 교주의 왼팔이다. 호교전주 마영이 교주의 오른팔—소교주의 호위무사이기도 하다—이라고 하면 그는 살수로서 교주의 은밀한 명을 수행하는 것이다.

살수로서 활동을 하는 것은 상당한 정신력을 소모한다. 사람을 죽일 때까지 긴장의 끈을 늦추지 못하는 것도 그렇거니와, 상대의 명줄을 끊어버릴 때 찾아드는 느낌은 이루 말로 표현할 수 없다.

그것은 전장의 가장 선봉에 서서 정파인들의 목을 날리던 소혼 역시 마찬가지.

수십, 수백, 혹은 수천.

소혼의 칼날에 목이 달아난 숫자는 그만큼 많다.

이제는 칼을 휘두르는 데 무덤덤해져 버렸다지만, 그래도 살을 파고드는 칼날의 감촉이 마냥 좋을 수만은 없었다.

"여하튼 교에 위해를 끼친 죄, 마땅히 죽음으로 받아야겠어."

승태림은 검갑에서 칼을 꺼냈다.

수마(修魔)라는 이름을 지닌 검이었다.

"이대로 허무하게 죽을 줄 알았더라면 뇌옥에서 나오지도 않았다."

소혼 역시 도갑에서 분천도를 빼 들었다.

"호오? 아직 버틸 만한가 봐? 하지만 내공을 운기하는 순간 마혼주가 육신 전체에 퍼질 텐데, 괜찮으려나?"

현재 마혼주의 주정은 화륜심결이 억누르고 있는 중이다. 한데, 만약 지금 칼을 휘두른다면? 내기는 더 이상 마혼주를 억누를 수 없게 된다.

소혼은 마혼주의 주정을 억누르는 것만으로도 꽤나 피곤한 기색이 역력했다. 하지만 이대로 허무하게 죽을 수는 없겠다는 의지가 더 강했다.

"네가 소교주일 때에 너의 옆에 있을 것을. 안타깝구나."

승태림은 소혼의 정신력에 탄복하며 수마검의 칼날을 바짝 치켜세웠다.

"나이는 어리지만 너를 마인으로서 존경한다. 그러니 아프지 않게 단칼에 죽여주마."

보법을 강하게 지르밟자 승태림의 신형이 그림자에 녹아들었다.

살수지왕을 자처하는 자답게 보신경(步身輕) 역시 은밀하기 그지없었다. 승태림은 수라마영(修羅魔影)을 전개하며 수마검을 휘둘렀다.

휙!

소혼은 심안이 이끄는 곳으로 분천도를 옮겼다.

깡!

심안은 눈으로 비치지 않는 세계까지 비추는 제삼의 눈. 천통을 연 심안은 미래 예지에 가까운 감각 및 자연의 기류 흐름까지 판별할 수 있는 능력을 준다.

극도로 발달한 기감에 따라 분천도를 휘두르자, 달리 공력을 크게 끌어올리지 않아도 승태림의 검을 막기가 수월했다.

까가가강!

승태림은 소혼과 칼을 맞대면서 여러모로 놀랐다.

분명 소혼은 마혼주의 주정을 억누르느라 내공을 제대로 사용하지 못하는 것이 분명한데도 자신의 검을 잘 막아내고 있는 까닭이었다.

승태림의 마검은 본디 빛을 쫓을 정도로 빠르다고 알려진 쾌검이다. 그런 검격을 내공을 사용하지 않은 채 막아낸다?

그 말은 곧 순수 동체시력과 직감, 그리고 극한에까지 이른 육체의 능력만으로 막아낸다는 것인데… 문제는,

'전 소교주는 눈을 잃은 맹인이다. 극도로 발달된 오감만으로 칼을 휘두르는 줄 알았는데, 그게 아니었나? 게다가 이런 육체 능력이라니. 대체 암연동에 갇힌 삼 년 동안 어떤 수련을 한 거지?'

소혼은 절혼령과 화륜심결을 익히기 전에 천안연결이라는 상단전의 무학만으로 진기를 운행했었다.

하지만 상단전의 무학은 영체를 추구하지, 육체를 구하지는 않는다. 그 까닭에 소혼은 극소량의 진기만으로 최대한의 능률을 뽑아내야만 했다.

피눈물 나는 노력으로 육신을 인간이 다다를 수 있는 최대의 한계까지 끌어올렸고, 무상대능력을 강신도결과 완벽하게 합일시켰다.

그런 까닭에 내공을 끌어올리지 못하는 상태라 할지라도 무상대능력이 소혼의 육체적 능력을 극한까지 끌어올려 주었다.

하지만 그뿐이다.

내공이 따르지 않는 무공은 결국 한계를 보이기 마련이다.

지금은 비록 승태림의 검을 가까스로 막아내고 있다지만, 언제 체력이 바닥나 목이 달아날지 모르는 일이다.

'단 한 번, 단 한 번의 기회만을 노려야 한다.'

사실 소혼은 방금 전부터 승태림의 눈치를 보고 있었다.

단 한 번의 기회. 단 한 번의 틈. 그때가 드러나길 기다리고 있었다.

따라라랑!

승태림은 쉴 새 없이 수마검을 휘둘렀다. 남들이 보았을 때는 주로 맹공을 펼치고 있는 그가 승기를 점하고 있다 보겠지만, 당사자 입장에서는 그것이 아니었다.

"정말이지, 철벽이로군."

그의 말마따나 소혼은 정말이지, 철벽으로 보였다. 수마검이 움직일 때마다 막아내는 모습이라니. 이대로는 절대 철벽을 뚫을 수 없다.

승태림은 공격을 멈추고 수마검을 아래로 늘어뜨렸다.

언제 매서운 마기가 몰아쳤냐는 듯이 그의 기운은 잠잠하기만 했다.

"육신의 능력만으로도 이렇게 본인의 검을 막아낸 것에 대해 경의를 표한다. 하지만……."

수마검의 검첨(劍尖:칼끝)에서 빛이 일었다.

"…더 이상 그렇게 막을 수만은 없을 것이야."

수마검이 질주를 시작했다.

획!

수라마검형(修羅魔劍形). 승태림이 절대위에 오른 후에 탄생시킨 그만의 무학이다.

보통 별호를 당사자가 익힌 무공에서 따오는 것과 다르게 승태림은 자신의 별호에서 검법의 이름을 따왔다.

아수라처럼 잔혹하기 그지없는 마검의 검형이라는 뜻이다. 단 한 번의 칼질만으로 서른여섯 개의 강기를 쏘아내 상대를 수십 조각의 육편으로 만들어 버리는 술수였다.

소혼은 수라마검형이 펼쳐지기 전에 기회를 잡았다.

'이때다!'

화르르륵!

도첨에서 광염이 치솟더니 곧 분천의 도신 전체를 휘감았다.

분천일도 일도참. 소혼 역시 속도에서는 남에게 지지 않을 자신이 있었다.

핑!

"숨겨둔 한 수가 있었구나!"

승태림은 소혼의 도를 휘감은 백색 빛깔의 불꽃을 보고서 소리쳤다. 교를 떠나오기 전에 살아남은 장로들이 그에게 했던 소리가 떠올랐다.

"전 소교주는 삼 년 전과는 전혀 다른 도법과 무공을 사용하고 있었소. 특히나 동방의 환도를 닮은 도에 휘감은 불길은 정말이지, 지옥의 겁화 그 자체였소."

처음에는 멍청하게 당해 버린 장로들이 거짓말을 하는 것으로만 생각했다.

하지만 조심해서 나쁠 것은 없을 터라 마혼주를 챙겨갔던 것인데, 내공을 사용 못할 줄 알았건만 이렇게 뒤통수를 칠 줄이야.

일도참과 수라마검형이 맞부딪치면서 강렬한 불꽃을 토해 냈다. 동시에 서른여섯 개의 강기가 숭태림의 수마검을 떠났다.

휙!

휙!

공간을 가를 듯이 날아드는 수십 개의 강기. 대각선 모양으로 쏘아지는 모양새가 마치 고양이가 발톱으로 종이를 찢는 듯하다.

소혼은 광염을 더욱 불태우며 열권풍을 터뜨렸다. 불꽃의 회오리와 함께 강기가 단숨에 광염에 먹혀들었다.

그 순간, 소혼은 칠보환천을 밟아 단숨에 숭태림과의 간격을 좁히며 도를 들고 있지 않은 왼손을 앞으로 쭉 내밀었다.

불꽃을 가르며 소혼이 흉신악살의 기세로 숭태림에게 다가가자 숭태림의 눈가에 핏발이 섰다.

"이놈! 나를 속이고 있었구나!"

"내가 익힌 심법이 열양공이라는 것을 잊으면 안 되지. 이깟 독에 당할 것 같았으면 나는 이미 암연동을 나왔을 때에 죽었을 것이다."

사실 마혼주가 처음 몸에 침입했을 때에는 내상을 입은 것이 사실이었다.

하지만 화륜심결은 열양공 중에서도 수위를 다투는 신공. 몸에 잠입한 탁기와 독기는 물론, 심지어 술의 주정마저 녹여 버리는 화기를 가지고 있다.

물론 숭태림이 이것을 간파하지 못한 것은 아니다. 그 역시 수없이 많은 이들의 목을 앗아봤던 터라 화기가 마혼주의 주정을 날리지 않을까 우려도 했다.

하지만 자신이 가진 마혼주는 보통 마혼주와는 다른 특별한 것이기에 화후가 깊지 않은 이상에는 상대의 발목을 잡는 정도는 될 것이라 생각했다. 그리고 그 '잠시'가 고수들의 세계에서는 생사가 오고 가는 귀중한 시간이기도 했다.

그런데 이렇게 쉽게 주정을 해소할 줄이야?

"마혼주를 단숨에 증발시킬 정도라니. 그것은 백염(白炎)이 아니면 불가능하……."

"죽어라."

소혼의 장심에서 불꽃이 터져 나왔다. 열권풍을 장풍으로 바꾼 염룡마후(炎龍魔吼)였다.

화르르륵!

염룡마후는 단숨에 숭태림의 몸을 집어삼켰다. 노도와도 같은 기세. 숭태림의 몸은 불꽃의 파도에 휩쓸려 곧 사라졌다.

"끝났나."

소혼은 작게 중얼거리며 분천도를 지팡이로 삼아 몸을 간신히 지탱했다. 후끈한 열기가 전신을 휘감고 있었다.

"마혼주가 이렇게 독할 줄은……."

사실 소혼은 마혼주의 주정을 모두 날린 것이 아니었다. 화륜의 성취가 깊으면 모르되 아직 독기를 단박에 태워 버릴 정도로 깊지는 않았다.

운기조식으로 몰아내는 것도 힘들 터인데, 이렇게 억지로 독기를 태워 버렸으니.

다행히 내상이 크게 도지기 전에 승태림을 꺾을 수 있었다. 만약에 조금이라도 시간이 더 지체되었더라면 불꽃에 휘감긴 것은 승태림이 아닌 자신이었을 터였다.

"후욱. 후욱."

조용히 숨을 고르고 있을 무렵, 갑자기 등 뒤에서 싸늘함이 느껴졌다.

"역시 독기를 모두 태운 것이 아니었어."

무미건조한 목소리. 수라마검 승태림의 목소리였다.

승태림은 소리없이 다가와 수마검을 소혼의 목 언저리 위에 얹었다. 소혼은 등골을 타고 흘러내리는 싸늘함을 느끼며 두근거리는 마음을 다잡았다.

"어떻게……?"

"어떻게 살아 있냐고? 아직도 모르나 보군. 나는 살수다.

살수가 위험에 빠졌을 때 스스로 빠져나오기 위해 자구책을 한두 개쯤은 마련한다는 것을 잘 알 텐데?"

살수지왕 승태림이 그 자구책을 사용한 것이 십 년 만이라는 것이 더 놀라운 일이지만.

"네놈 덕분에 나는 이제 더 이상 얼굴을 들고 다니지 못하게 되었다."

비록 염룡마후의 열기에서 도망쳐 나왔다고 하지만, 피해가 전혀 없는 것은 아니었다.

호감과 정감이 가던 이웃집 아저씨마냥 평온하기 그지없던 얼굴은 이미 승태림에게 없었다. 코가 있던 곳에는 이제 두 개의 큰 구멍만이 남아 있고, 얼굴을 덮고 있던 새하얀 피부는 검게 녹아내려 끔찍함만을 연출했다.

이제 더 이상 얼굴을 들고 밖으로 돌아다니지 못한다. 그렇게 좋아하던 취야루의 앵앵이도 만나지 못한다. 승태림의 화는 이미 극에 달한 상태였다.

"네놈을 찢어 죽이지 않으면 내가 승태림이 아니리라."

"난 오히려 그 모습이 당신과 어울린다고 생각하는데?"

소혼은 목숨이 경각에 달한 지금까지도 침착함을 잃지 않았다. 분천도를 쥐고 있는 손길에 힘이 실렸다.

"죽어라!"

승태림이 수마검을 단숨에 휘둘렀다.

휙!

짧은 파공음과 함께 수마검이 소혼의 머리를 쓰다듬고 지나갔다.

픽!

*   *   *

그 시각, 십만대산의 중심 천산.

마령당(魔靈堂)을 주위로 반세맥을 상징하는 붉은색 복장을 입은 백여 명의 고수가 포진하기 시작했다.

"추갑마(錐鉀魔)와 동야마(童爺魔), 요한(妖漢)과 독충사(毒蟲師)는 어서 마령당에서 나오도록 하시오."

적포인들의 중심에는 한 남자가 서 있었다. 군건한 눈매가 인상적인 사내였다. 서릿발 같은 기세로 사자후를 터뜨리는 모습은 마치 전날의 교주 대마종이 다시 돌아온 듯한 착각을 불러일으켰다.

반세맥의 맥주 반세고수 혁리빈현.

그것이 바로 사내의 정체였다.

"그곳에서 나오지 않을 시에는 마탄(魔彈)을 터뜨리겠소. 이제는 그대들의 후광이 되어주지 못하는 진성의 뒤를 따르다가 화마에 휩쓸려 개죽음을 당하겠소, 아니면 교의 영광을 위해 살아남겠소?"

마령당 주위를 둘러싼 적포인들의 손에는 한결같이 이상

한 모양을 한 병기가 들려 있었다.

이화마군이 죽으면서 남기고 간 이화단의 마병, 마화열폭(魔火熱爆)이었다.

이화단의 주 무기인 마탄총보다는 성능이 떨어지지만, 안에 마탄이라는 특수한 소재로 만들어진 화약을 넣음으로써 폭발력을 향상시킨 대(對)무단전의 중요 병기였다.

그것을 같은 편인 마인들에게 겨누는 것도 대단하지만, 그렇게 지시한 혁리빈현 역시 대단했다.

이미 수도 없이 많은 마인들이 진성을 믿고 까불다가 마탄의 화마에 휩쓸려 개죽음당하거나 일마검진에 갇혀 체력이 다해 개같이 죽었다.

혁리빈현과 맞서 싸우다가 죽은 이들의 공통점은 하나였다.

바로 하나같이 개죽음을 당했다는 것.

그것은 이제 마령당도 다르지 않을 듯했다.

적포인들에게 쫓기고 쫓기던 네 마두가 마령당으로 숨어든 것도 벌써 이각째. 더 이상은 봐줄 수 없었다.

"어쩔까요?"

적포인 반세맥의 맥주호위대 반천단의 단주 이릉의 물음에 혁리빈현은 혀를 찼다.

"이 이상은 기다리지 못하지. 이렇게까지 항복을 권유했는데도 항복하지 않는다면 다른 이들처럼 개죽음당할 뿐."

혁리빈현은 진성을 따르는 이들을 잡으면서 꼭 한 번씩 기회는 주었다. 그것을 따르는 이들에게는 갱생의 기회를, 그러지 못하는 자에게는 개죽음을 선사했다.

"지금부터 셋을 세겠소. 그때까지 나오지 않는다면 우리도 더 이상 봐주지 않겠소."

혁리빈현은 숫자를 헤아리기 시작했다.

"하나."

손가락이 하나 접혔다.

"둘."

검지가 접혔다. 이제 중지가 접힐 차례. 그래도 마령당에서는 아무런 반응이 없다.

혁리빈현은 이룡을 보며 고개를 끄덕였다. 이룡은 수하들에게 명을 내렸다.

"마탄 정렬!"

처처처처척처척!

마화열폭이 당장이라도 불꽃을 내뿜을 듯하다.

혁리빈현은 마지막 숫자를 외쳤다.

"셋!"

외침과 함께 마화열폭이 불을 뿜었다.

타다다다당!

한편, 마령당 안에서는 네 명의 마인이 살아남기 위한 방법을 강구하고 있었다.

"이대로 혁리빈현에게 항복해야 한단 말이오?"

키는 오 척 정도 될까. 난쟁이 크기만 한 꼬마가 사뭇 진지한 자세로 물어온다. 깨물어주고 싶을 만큼 귀여웠지만 그를 아는 이들은 모두 저 상큼한 귀여움에 오히려 인상을 찌푸린다.

아이들의 아버지라는 별호를 지닌 동야마. 하지만 좋아 보이는 별호와는 다르게 열 살 미만 아이들의 순수지기를 채음해서 일신의 능력을 기른 노마가 바로 그다.

정마대전 당시에도 수많은 아이들이 동야마에 의해 희생을 당했던 터라, 한때는 정마를 가리지 않고 무림공적으로 몰려 쫓겨 다닐 때도 있었다.

"항복하지 않으면 우리가 당해 버린다는 것을 모르오?"

몸이 족히 몇백 근은 나갈 듯한 몸을 자랑하는 추갑마의 외침에 모든 독충의 아버지 독충사가 반박하고 나섰다.

"항복해서 살아남으면? 나중에 신마맥주가 돌아왔을 때를 생각해야 하지 않겠소!"

신마맥주 진성은 절대 배신을 용서하지 않는다.

"이래도 죽고 저리해도 죽고. 미칠 노릇이로군."

소혼이 천산을 떠나간 후 마교에는 소혼이 행한 것보다 더 많은 피바람이 불어닥쳤다.

혁리빈현이 반세맥의 고수들을 대동한 채 그동안 진성과

신마맥의 뒷줄에 섰던 이들을 하나같이 뒤쫓아 처단했기 때문이다.

개중에 살기 위해 어쩔 수 없이 신마맥의 줄에 선 자는 선처해 주었지만, 신마맥의 후광을 업고 수많은 착취와 권력을 일삼던 이들은 혁리빈현의 검을 피하지 못했다.

이미 승세는 이 자리에 없는 진성이 아닌 혁리빈현에게 넘어가 버린 상태.

이대로 혁리빈현에게 항복을 하는 것이 나을지도 몰랐다.

하지만 만약 지금 당장 살아남기 위해서 혁리빈현에게 항복한다 한들, 진성이 돌아와 혁리빈현을 쳐내고 교를 장악해 버린다면…….

"이대로 개죽음보다 더 못한 죽음을 당할지도 모르는 일이지."

요한이 입을 열었다.

진성의 성정을 떠올려 보았을 때 차라리 개죽음을 당하는 것이 나을지도 모른다는 생각이 네 마두의 머릿속을 스쳐 지나갔다.

"하면 이대로 마령당에 앉아 죽겠소?"

동야마의 물음에 마령당 내부는 다시금 조용해졌다.

전장에서 싸우다가 죽으면 모르되 이렇게 허무하게 시체조차 남기지 못하고 죽고 싶은 마음 따윈 없었다.

그렇다고 해서 후에 찾아올 진성을 떠올리자니 온몸이 부르르 떨린다.

"차라리 혁리빈현에게 몸을 의탁하고 반세백이 교를 장악하게 만든 다음 중원으로 나간 진성과 다른 맥주들이 교로 돌아오지 못하게 하는 방법도 있소이다."

아직 승하하지 않은 교주의 마맥이기도 하니 명분 만들기도 쉽다.

하지만,

"하면 동야마는 진성의 뒤에 있는 저들을 이길 자신이 있소?"

"교가 일어선다면 저들을 이기지 못할 것도 없지요!"

추갑마가 조심스레 자신의 의견을 내놓았다.

"사실 말이야 바른 말이지… 우리가 그동안 마인다웠던 적이 있소? 진성과 그 배경이 주는 떡고물만 얻어먹으며 지난날의 의기를 잃지 않았소? 지금이라도 갱생의 기회를 가질 수 있는 지금… 혁리빈현을 따라야 한다는 생각이 드오."

"……."

"……."

"나는 추갑마의 말에 적극 찬성하오."

추갑마의 말이 다른 세 마인의 가슴에 비수를 꽂았다. 사실 말이야 바른 말이지, 그들은 마인이 아닌가? 이 이상 권력에 집착하는 것은 마인으로서 옳지 못한 행동이다.

"이래 죽으나 저래 죽으나 매한가지. 그렇다면 정체도 알 수 없는 놈들을 무서워하다가 죽을 바에야 차라리 교를 위해 살다가 죽는 것이 나을지도 모르오."

어느새 그들은 자신들이 혁리빈현에게 항복하는 이유가 '교를 위한' 것이라 포장했다.

그때, 우레와 같은 함성이 터졌다.

"지금부터 셋을 세겠소. 그때까지 나오지 않는다면 우리도 더 이상 봐주지 않겠소."

혁리빈현의 목소리였다. 어느새 그의 목소리는 '하나'를 외치고 있었다.

"그럼 내가 대표로 나가서 우리의 의사를 밝히고 오겠소."

다급해진 동야마가 자리에서 벌떡 일어나 말했다. 요한을 제외한 다른 마인들이 고개를 끄덕이는 순간, 두 번째 목소리가 떨어졌다.

"둘!"

"빨리 나가보시오. 당장에라도 마화열폭을 터뜨릴 기세이 니."

독충사는 가만히 눈을 감았다. 그의 나이 올해 육십 세. 이제 산다면 얼마나 더 산다고 질긴 목숨을 조금이라도 더 연명해 보고자 이렇게 앉아 있다.

스스로가 한심해지기도 했지만 결국 세상살이 다 그런 것이 아니겠는가 하며 자기 위안을 되뇔 때였다.

"혹시 당신들은 박쥐 이야기를 아시오?"

요한이 가만히 입을 열었다.

"그게 무슨 뜻이오?"

동야마는 '지금 나가려는데 왜 자꾸 방해하느냐'는, 골이 잔뜩 난 표정으로 요한을 째려보았다. 요한의 모습은 평온하기까지 했다.

"한 동굴에서 날짐승과 들짐승이 서로 주도권을 가지기 위해 다투고 있었소. 박쥐는 본래 날짐승의 편이었으나 들짐승 쪽이 강하자 '나는 쥐다'고 하며 들짐승 쪽에 붙었소. 한데, 이번에는 날짐승이 강해지자 '나는 새다'라고 했소. 결국 이리 붙었다 저리 붙었다 하는 박쥐를 보다 못한 들짐승과 날짐승은 놈을 동굴에서 쫓아버렸소."

"그 말을 하는 저의가 무엇이오?"

추갑마는 찔리는 게 있는지라 버럭 소리를 지르자 턱에 열매처럼 주렁주렁 달린 살덩이가 출렁였다.

동야마 역시 화를 참지 못하고 마령당을 벗어나려 했다. 그때, 요한이 흉흉한 안광을 토해냈다.

"너희들이 바로 그 박쥐라는 뜻이다."

"닥쳐라!"

"네놈이 죽고 싶어서 환장했구나!"

"그렇게 죽는 것이 소원이라면 죽여주마!"

요한의 입술이 비틀어졌다.

"미친 것들."

"네놈이 정녕……!"

추갑마가 버럭 소리를 지르려던 찰나, 갑자기 요한이 손을 빙그르르 돌렸다.

퍽!

추갑마의 머리가 너무도 허무하게 터져 나갔다.

제아무리 기습이었다고 하지만 너무나 깔끔한 일수였다. 그들이 아는 요한의 실력은 추갑마보다 한참 떨어지는 절정. 한데, 지금 그 출수는 동야마조차 읽어내지 못했다. 그렇다면?

"이놈! 실력을 숨기고 있었구나! 진성이 숨겨둔 첩자가 바로 네놈이었던 것이냐?"

독충사는 입을 쩍하고 벌렸다. 하아아, 긴 한숨과 함께 검은 연기가 흘러나오더니 수천 마리의 말벌이 꾸역꾸역 나오기 시작했다.

위이이잉!

집단을 이룬 말벌들이 내는 날갯짓과 함께 동요마도 마기를 잔뜩 끌어올려 장풍을 터뜨렸다.

"네깟 놈들이 나의 상대가 될 성싶은가!"

쾅!

요한은 탁자를 강하게 내려치며 높이 뛰어올랐다. 안광이 더 깊게 가라앉으면서 사안(蛇眼)이 모습을 드러냈다. 마치 먹이를 노리는 뱀의 눈빛 같았다.

일순, 동야마와 독충사는 몸이 뻑뻑하게 굳는 듯한 착각에 빠졌다.

"설마… 사령마안공(蛇靈魔眼功)?"

동야마가 깜짝 놀라며 소리친다.

사령마안공. 뱀의 눈빛으로 상대를 제압해 사마의 세계로 빠뜨리는 저주받은 술수. 이미 백 년 전에 연왕의 난과 함께 벌어진 팔황새(八荒塞)의 천중전란(天中戰亂)과 함께 사라졌다고 들었건만, 어째서 요한이 그것을 펼친단 말인가?

그 이유를 짐작할 수 없으나, 요한이 사령마안공을 펼친다는 것은 한 가지를 의미한다. 그는……!

"독충사! 위험하오!"

"무슨……?"

독충사의 말이 채 끝나기도 전에 요한의 손에서 하얀 섬광이 터졌다.

화르르륵!

수천 마리의 독충이 불에 타 사라지는 것은 순식간이었다. 동시에 요한이 손바닥을 길게 펼쳤다.

퍽!

독충사의 몸뚱어리가 곤죽이 되어 터졌다. 요한의 장심에서 발출된 장력이 그의 전신 경맥을 뒤흔들어 놓은 것이다.

요한은 보법을 밟아 동야마에게 다가갔다. 키가 육 척이 훨씬 넘는 장대한 체구라 동야마는 그런 요한을 목이 꺾어져라 위로 젖혀서 봐야만 했다.

"내가 익힌 무공이 무엇인지 알아채다니, 대단해. 이제 강호에서는 모두 잊혀진 줄로만 알았는데."

"어째서 팔황새의 무공이 네놈의 손에 있는 것이냐! 설마 신마맥주의 배후가 팔황새더냐?"

"그딴 잡 곳과 비교하지 마. 기분 나쁘니까. 그래도 여기까지 눈치챘으니 한 가지 가르쳐 주지. 나는 진성 녀석 따위의 첩자가 아니야. 나는……."

뱀의 눈이 영롱한 빛깔을 더한다.

"…엄연히 사공자(四公子)라는 직위가 있다고."

그 순간, 밖에서 혁리빈현이 '셋!'을 외침과 동시에 사방에서 마화열폭이 불을 내뿜는 소리가 요란하게 들렸다.

타다다다당!

곧 마령당은 거친 폭발과 화마에 휩싸이고 말았다.

요한은 자신의 눈길을 제대로 마주치지 못하고 있는 동야마를 보며 생긋 미소를 지었다.

"그럼 잘 가게나."

"안……!"

퍽!

목을 잃은 동야마의 시체가 쓰러졌다. 그 위로 검은 연기가 치솟았다. 마령당이 흔들렸다.

우르르르!

"결국 저들도 죽고 말았군."

혁리빈현은 조금 씁쓸한 감정으로 마령당과 네 마인의 최후를 지켜보았다.

소혼이 떠나간 후, 교의 전권을 장악하기 위해 반천단을 이끌고 진성을 따르던 이들을 모두 쳐냈다.

개중에 많은 이들이 혁리빈현에게 항복을 표했지만, 다수는 돌아올 진성이 무섭다 하여 끝끝내 죽음을 택하는 이도 많았다.

그만큼 진성의 뒤에 있는 배후 세력이 무서운 것일까, 아니면······.

'내가 아직 한 단체를 이끌 만한 능력이 되지 않는다고 보는 것일까?'

늘 철벽같이 단단하게 느껴지는 아버지와 항상 그의 옆에서 천하를 호령하던 사형이 있었기에 혁리빈현은 꿈이라는 것을 꾸지 않았다.

대마종의 아들이면서도 반세맥을 이끌고서 교주가 되겠다는 야망도 없었다. 그저 편하게 사형의 옆을 지키는 이인자면 충분했다. 그리고 그렇게 자라왔다.

한데, 지금은 일인자가 떠나며 이인자에게 일인자의 자리를 거머쥐라고 한다. 꿈을 펼치라고 한다.

'나의 꿈은 사형의 곁에 있는 것이었는데······.'

하지만 일인자는 이제 이곳에 없기에 그가 일어서야만 했다.

일인자로서의 각성. 진성이 돌아와도 무섭지 않다는 것을 보여주어야만 했다.

'힘들구나. 사형도 이렇게 무거운 짐을 어깨 위에 매달았던 것일까?'

복수의 화신이 되어 떠났을 소혼을 떠올리며 혁리빈현은 가만히 눈을 감았다.

쿠르르르!

요란한 폭발 소리가 귓가를 때리고, 후끈한 열기가 전신을 뒤덮는다.

"이제 남은 건 집법전과 사혼당인가."

다시 눈을 떴을 때에 혁리빈현의 눈동자는 강렬함으로 충만해 있었다. 정마대전 때에 천하를 호령하던 대마종의 눈빛 그대로였다.

"모두 열폭을 거두고 사혼당으로 이동한다."

혹여나 마탄을 피해 도망치는 놈들이 있을까 하여 열폭 대신 주 무기인 검을 꺼내 들었던 반천단은 다시 검을 검갑 안으로 밀어 넣었다.

땅에 떨어진 마화열폭을 거두고 혁리빈현의 뒤를 따르려던 그때, 갑자기 불길에 휩싸여 있는 마령당 위로 무언가가 치솟았다.

쾅!

천장을 뚫고 하늘 위로 떠오르는 자. 거나란 키에 탄탄하게 잡힌 근육이 보인다.

"요한……?"

반천단주 이릉이 깜짝 놀라 상대의 이름을 불렀다.

늘 무덤덤한 시선을 보내던 눈빛이 오늘따라 뱀의 눈동자처럼 흉흉한 안광을 토해내고, 등 뒤로 백색 연기가 아지랑이처럼 피어오르는 것이 이상했지만 분명 마령당 위로 뛰어오른 자는 요한이었다.

"어째서 저자가 저렇게 막강한 기도를 자랑하는 거지?"

요한은 교가 보유한 고수 중 한 명이긴 했다. 하지만 마교 백대고수 중에서 겨우 끝자락에 들 정도이기에 서열 삼십이위의 이릉이 상대를 하지 않았던 것인데, 지금은 왜 저리도 강해 보인단 말인가?

'주군과 비교해도 절대 뒤지지 않는 기도다. 아니, 어쩌면 더 강할 수도 있… 서, 설마……!'

이릉은 깜짝 놀라 소리쳤다.

"반천단은 모두 주군을 호위하라! 놈이 주군에게 다가가지 못하도록 해!"

반천단이 혁리빈현을 호위하듯이 감쌌다. 혁리빈현 역시 요한의 기도를 읽고서 검을 뽑았다.

요한은 하늘 위에서 싱긋 웃으며 중얼거렸다.

"가볼까."

요한의 한쪽 손에서는 동야마의 머리가 딸랑거렸다. 죽기 직전 경악하던 그 모습 그대로. 요한의 신형이 공간에서 사라졌다.

휙!

어느새 요한의 몸이 혁리빈현의 바로 코앞까지 다가왔다.

공간을 뛰어넘어 혁리빈현의 주위를 둘러싼 반천단을 넘어 축지를 하듯이 거리를 바짝 좁힌 것이다. 혁리빈현과 요한은 서로 숨소리를 들을 수 있을 정도로 가까웠다.

"주군, 위험합니다!"

이룽이 소리를 지르자, 혁리빈현은 한쪽 손을 들어 그를 진정시켰다.

"이게 무슨 일이지?"

"글쎄요. 무슨 뜻이겠습니까?"

요한의 미소와 함께 혁리빈현이 검을 들어 올렸다.

휙!

"성격 급하긴."

요한의 장심에서 하얀 섬광이 뿜어졌다.

와르르릉!

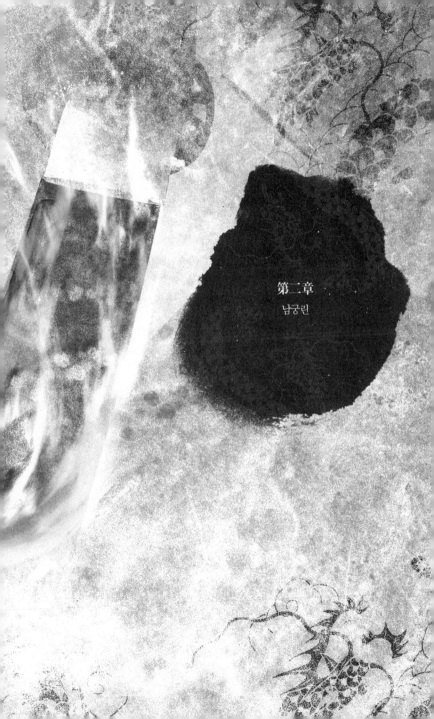

第二章

남궁련

神刀無雙
신도무쌍

소혼은 재빨리 최대한 몸을 비틀었다. 왼쪽 어깨 윗부분이 크게 터져 나가며 살점이 튀고 핏물이 솟았다. 하지만 소혼은 아파하는 표정을 짓지 않았다.

되레 반동을 이용해 분천도를 휘두를 뿐이었다.

쉐에에엑!

공간을 가르는 소리와 함께 분천도가 다시 한 번 불을 내뿜었다.

분천이도 광염사도를 능가하는 초식을 사용할 때면 붙는 하얀 불꽃, 광염이 숭태림의 전신을 뒤덮었다.

그 위로 섬광 자락이 터졌다.

팟!

수라마검형이 단 한 번의 칼질에 수십 개의 강기를 토해내듯이, 지금 펼치는 분천사도(焚天四刀) 역시 그러했다.

콰콰콰콰!

도첨에서 수십 개의 불꽃이 발산되었다. 불꽃들은 하나같이 초승달 모양을 하고 있었는데, 섬광과 함께 위에서 아래로 내려오는 모습에서는 한 편의 유성우를 연상케 했다.

화편월(火片月). 마교에서 칼을 휘둘렀을 때에도 사용하지 않았던 초식. 아직 내공이 충분치 않아 펼칠 수 없는 후삼초를 제외하고는 그가 펼칠 수 있는 초식 중 최대한의 파괴력을 자랑하기도 했다.

승태림은 수없이 많은 강기와 마기를 터뜨리며 화편월을 튕겨냈지만, 유성우처럼 쏟아지는 편월을 모두 막아낼 수는 없었다.

"컥!"

얼굴, 팔, 어깨, 다리, 허벅지…… . 몸 수십 군데에서 상흔이 벌어졌다. 그때마다 승태림은 충격파를 흘리지 못하고 뒤로 조금씩 밀려났다.

그 순간,

휙!

광염사도가 화편월 사이로 번뜩였다.

파공음과 함께 둔탁하게 뼈가 부러지는 소리가 들렸다.

비록 왼쪽 어깨가 많이 아파서 칼을 제대로 휘두를 형편이 되지 못했지만, 단 한 사람의 목을 앗아가는 데는 충분했다.

"이것이 마지막이오."

"제길, 난 살수이면서도 살수의 이점을 잘 활용하지 못한 것이로군."

안타깝다. 실수하지 않고 머리를 터뜨려 놓았더라면 승리는 자신의 것이었을 텐데. 하지만 하늘은 그더러 먼저 쉬라고 하신다.

"나를 꺾더라도 자만하지 말게나. 나는 성란육제 중에서도 가장 막내. 서열 오위인 팽가주 굉음벽도(轟音霹刀)조차 나보다 족히 두 배는 강하니까."

"그런 것은 당신이 신경 쓸 바가 아니오."

"그런가……?"

그 말을 끝으로 승태림의 머리가 터져 나갔다.

퍽!

지난 정마대전 기간 동안 수많은 정파인을 공포로 몰아넣었던 살수지왕의 허무한 최후였다.

"헉! 헉!"

소혼은 승태림이 죽은 것을 몇 번이고 확인한 후에야 긴장의 끈을 놓을 수 있었다.

긴장을 풀자 몸이 갈가리 찢어지는 듯한 고통에 몇 번이고 거칠게 숨을 몰아쉬었다.

수라마검 승태림은 강했다. 역시나 성란육제는 높은 벽이었다. 만약 마혼주를 마시지 않고 일대일로 싸웠다고 할지라도 승부를 장담할 수 없었을 것이다.

그런 사람을 상대로 싸우면서 마혼주를 덜어내기 위해 화류심결을 강제로 돌려 버렸으니.

혈맥과 기맥 곳곳이 상처로 인해 얼룩져 버리고 말았다. 이대로라면 몸속의 화기가 언제 폭발할지 모르는 일이었다.

소혼은 조용히 숨을 고르며 관조에 들어갔다.

백팔십 요혈을 중심으로 돌아가는 화류의 움직임을 하나하나씩 손봐가면서 자연의 기운을 조금씩 빨아들이기 시작했다.

이른바 모공호흡(毛孔呼吸)이라는 기술이었다.

본래 살수들이 살행을 나갈 때에는 기척은 물론 숨소리조차 내지 않아야 한다. 그래서 자구책으로 만들어낸 것이 바로 공흡결(孔吸訣)이라는 무공.

모공호흡은 바로 이런 공흡결에서 따왔다.

이 모공호흡을 이용하면 따로 입과 코로 숨을 쉬지 않아도 피부로 호흡을 할 수 있게 된다.

이때, 피부로 호흡을 하게 되면 명상을 하는 것과 비슷한 결과를 얻어낼 수 있기 때문에 심신이 안정되는 것은 물론, 나아가서는 자연과 항시 기를 주고받는다는 삼화취정의 경지에까지 이르게 될 수도 있었다.

소혼은 입마의 위험에 빠진 화륜을 진정시키고, 승태림과 싸우면서 소진한 기운을 보충키 위해 자연지기를 비혈구에 축적시켰다.

하지만 마혼주를 증발시키면서 입었던 내상이 상상외로 컸는지라 도저히 화륜심결만으로는 내상을 치유할 수가 없었다.

"여기까지가 한계인가……."

어느 정도 기력을 되찾았음에도 소혼의 안색은 핼쑥했다.

공흡결을 이용하면 화륜심결을 진정시킬 수 있었는데, 지금은 그것이 힘들다.

'역시나 화륜심결이 미완성이라서 위험도가 큰 것이다. 하루라도 빨리 완성시켜야 할 텐데.'

소혼은 입가에 도는 비릿한 맛을 느끼며 길을 걸었다.

"인근 마을로 가야 한다……."

소혼은 억지로 발걸음을 옮겼다. 터벅터벅. 휘청거리는 그의 모습은 언제 쓰러져도 이상하지 않을 만큼 위태로워 보였다.

소혼이 사라진 자리.

그 뒤로 세 명의 사내가 등장했다. 그들은 제각기 다른 특징을 자랑하는 옷을 입고 있었다.

한 명은 고고한 유학의 냄새가 나는 유삼을 입은 중년인이었고, 다른 한 명은 허리가 꾸부정한 노인으로 아무런 기력도 없어 보였다. 하지만 흐트러진 머리 사이로 비치는 흉흉한 안광이 꽤나 거칠었다.

중년인과 노인의 중심에는 젊은 사내가 서 있었는데, 입가에 미소를 단 것이 호감이 가는 인상이었다.

사내는 주위를 훑어보면서 중얼거렸다.

"이건 분명히 열양공을 발산한 흔적인데?"

무언가 이해가 가지 않는다는 듯이 궁금증을 토로하는 그의 의견에 맞춰 수라마검 승태림의 시체를 검사하던 노인 역시 고개를 끄덕였다.

"낄낄, 궁주의 말마따나 이건 열양공의 흔적이오. 그것도 꽤나 높은 공력을 가진 자가 펼친 것으로 짐작되오만……."

사내는 보기 좋게 인상을 와락 일그러뜨렸다.

"남궁세가에는 양기를 이용한 열양공이 없지 않소이까?"

중년인도 따라 고개를 끄덕였다.

"남궁가는 예부터 하늘을 닮은 천기의 무학을 익힌 곳입니다. 이런 열양공과는 잘 맞지 않습니다."

사내의 인상이 더욱 일그러졌다.

남궁세가의 놈들을 뒤쫓은 지도 어언 한 달째.

귀중한 궁의 일을 보지 못하고 윗선의 명령에 따라 서장을 건너 마교의 영역이라는 십만대산까지 추격해 왔다.

그런데 놈들은 금선탈각의 수법을 재현해 그들의 이목을

감쪽같이 숨겨 버리고 어디론가 종적을 감춰 버렸다.

분명히 이 근처에 있는 것은 확실하건만, 어디에 있는지 알 수가 없으니 화가 나지 않는다면 이상한 일일 터이다.

"그나저나 이놈, 정말 화끈하게 타버렸구먼. 머리는 물론이고 전신에 화상을 입지 않은 곳이 없어. 이 정도의 위력이면……."

노인은 괴상한 음색으로 낄낄거리며 시체의 손에 쥐여져 있는 검에 시선을 주었다.

"수마검? 이건 분명히 수라마검의 검인데? 설마……?"

노인은 깜짝 놀라고 말았다. 중년인이 그에게 다가와 물었다.

"독사(毒師), 왜 그러시오? 놈들이 어디로 이동했는지 단서라도 찾았소?"

독사라 불린 노인이 고개를 절레절레 흔들었다. 하지만 입은 웃고 있었다.

"남궁 연놈들의 흔적은 아니지만, 재밌는 것을 발견했소, 유사(儒師)."

"……?"

"이 시체 말이오, 수라마검인 것 같소. 낄낄."

"……!"

수라마검이라면 성란육제의 일인이 아닌가? 비록 그들이 대계에 의해 세상 밖으로 모습을 드러내지 못했을 뿐, 성란육제를 무서워하지 않는다고 하지만 그래도 절대위의 고수가 이렇게 죽어 있다는 것은 분명 놀라운 일이었다.

"확실하오?"

"이것."

노인은 손가락으로 수마검을 가리켰다.

"수라마검의 애병이오."

"호오."

중년인은 손으로 턱을 쓰다듬었다. 그 말이 정녕 사실이라면 강호에 그들과 비슷한 실력을 지닌 고수가 등장했다는 것을 의미했다.

"수라마검이 비록 노부의 백초지적이 되지 않는 꼬맹이라고 하지만, 이런 실력을 지닌 작자가 있을 줄이야. 이패(離霸)를 제외하고는 육제와 사패 중에서 열양공을 사용하는 자가 없을 터인데… 낄낄, 간만에 재밌는 일이 생길 것 같소이다."

고천사패의 이패가 이런 산골 오지에 등장하지 않는다는 것을 누구보다 잘 아는 노인이기에 웃음은 더욱 짙었다.

그들의 대화를 가만히 듣고 있던 사내가 입을 열었다.

"이 근처에는 남궁가 놈들이 다녀간 것 같지 않으니 이만 떠나도록 합시다."

비록 나이는 그들 중에서 가장 어려도 그는 노인과 중년인이 모시는 주인이다. 강호에 위세가 자자한 강남제일문파의 주인의 발걸음은 무거웠다.

그렇게 사내가 발걸음을 옮기려던 찰나, 무언가 갑자기 생각났다는 듯이 노인에게 한마디 던졌다.

"독사."

"왜 그러시오, 궁주?"

"요즘 들어 몸을 풀 길이 없어 심심하다고 하지 않았소?"

"그렇지요. 하면 설마……?"

사내의 말에 숨은 뜻을 알아챈 노인의 입가에 함박웃음이 걸렸다.

"제혼대를 내주겠소. 그간 한 달 동안 나를 따라오느라 많이 힘들었을 테니 잠시 놀다가 오시구려."

"고맙소, 궁주! 낄낄! 내가 이래서 궁주를 사랑한다니까."

노인은 껄껄 웃으면서 자리를 벗어났다. 땅을 한 번 강하게 구르자 그의 신형이 온데간데없이 사라졌다.

사실 사내가 노인에게 놀다가 오라는 식으로 말을 건넨 것은 '수라마검을 죽일 정도의 실력자가 남궁가 일당과 합류할 수 있으니 그럴 가능성을 차단하라'라는 의미였다.

이 드넓은 십만대산에서 그들과 이 정체불명의 실력자가 조우하고 또한 합류하게 될 가능성은 거의 없다고 봐도 과언이 아니었지만, 그래도 혹여나 하는 마음에 명을 내린 것이다.

가정과 가설을 모두 처리한다.

싹이 날지도 모르는 일은 미리 뽑아버린다.

그것이 사내가 젊은 나이임에도 그가 소유한 문파를 단 삼 년 만에 강남제일문으로 만들 수 있게 한 원동력이었다.

사내는 고개를 뒤로 돌려 중년인을 바라보았다.

"독사만 보낸 것이 불만이시오, 유사?"

사내의 물음에 중년인은 고개를 저었다.

"저는 오로지 궁주의 명만을 따를 뿐입니다. 누구처럼 천방지축 날뛰기 싫은 것일 뿐이니 궁주께서는 심려 거두시지요."

"핫핫, 역시 유사요. 내가 이래서 독사가 나를 좋아하는 것처럼 나 역시 유사를 좋아할 수밖에 없나 보오!"

사내는 호탕한 웃음과 함께 산을 내려가기 시작했다. 중년인이 조용히 그 뒤를 따랐다.

"그럼 우리는 우리끼리 다시 사냥을 시작해 봅시다!"

사내가 하늘을 보며 크게 외쳤다.

소혼은 자신도 모르는 사이에 마교와는 또 다른 적을 만들고 말았다.

*　　　　*　　　　*

남궁린은 작게 한숨을 내쉬었다.

"이제 녀석들을 따돌린 걸까?"

며칠이고 반복되었던 추격전. 정체조차 짐작할 수 없는 이들의 눈을 피해 산에서 산으로, 강에서 강으로 길을 따라온 지도 벌써 한 달째.

타클라마칸 사막을 지나 십만대산의 영역에 접어들고 이제는 중원의 감숙성도 얼마 남지 않은 이때, 남궁린의 근심은 점점 깊어져만 갔다.

"파파(婆婆), 저들의 정체는 아직도 알아내지 못했지요?"

저 새벽녘의 밤하늘을 닮은 눈동자가 반짝인다. 보는 이로 하여금 절로 빠지게 만드는 마력을 담은 눈. 그리고 하얀 피부와 살짝 찢어진 옷 틈 사이로 비치는 그녀의 몸은 하늘하늘하기만 했다.

오랜 추격전조차 칠화(七花) 중 한 명인 천상화(天上花)의 아름다움을 꺾을 순 없었다.

하지만 물로 몸을 씻은 게 언제인지 이제 기억조차 나지 않고, 끼니조차 제대로 때우지 못한 것이 부지기수였다.

기온 차가 엄청난 신강의 특성상, 추운 밤에는 불이라도 피워 몸을 녹이고 싶었지만 적들이 불씨를 보고 추격해 올까 불조차 쉽게 피울 수 없었다.

남궁린에게 파파라고 불린 노파, 설파(雪婆) 역시 걱정되는 것은 매한가지였다.

한때, 한낱 아녀자의 몸으로 강남에서 이름을 떨치던 설영(雪

影)의 명성을 벗어던지고 남궁세가의 무남독녀를 친손녀처럼 키워온 지도 어언 이십 년째.

제 고집만 피우기 일쑤인 일반 명문세가의 자식들과 다르게 남궁린은 자신보다 남을 먼저 생각하는 착한 여아였다. 하지만 성심이 착하다고 한들, 남궁세가의 여식인 그녀가 이런 고충을 겪어본 적이 있었겠는가.

중원에서 가장 동쪽에 있는 남직예에서 사천을 넘어 서장에 다녀오기까지.

무려 일 년이 넘는 여정이었다.

그 과정에서 수많은 위험과 사선을 넘나들며 일행은 겨우 그들이 원하던 '물건'을 손에 넣을 수 있었다.

한때는 의천검세로 명성이 자자해 소림과도 어깨를 나란히 했던 남궁세가였지만, 지금은 언제 몰락할지 모르는, 오대세가라는 직위도 전날의 명성으로 간간이 이어가고 있는 가문에 지나지 않았다.

그런 가문을 살리고자 남궁린은 한 가지 결심을 내렸고, 서른 명이라는 조촐한 인원만으로 서장에까지 다녀왔다.

사실 서장으로 이동하면서도 다른 가솔들은 모르되 남궁린은 목숨의 위험을 느껴본 적이 없었다.

일단 썩어도 준치라고, 그녀를 호위하는 무사들이 강했기에 여행은 크게 무리가 없었다.

하지만 '물건'을 얻은 뒤에 중원으로 돌아오는 길은 전혀 달랐다.

정체를 알 수 없는 괴한들의 습격이 시작된 탓이었다.

처음에는 자신들의 영역을 침범한 것에 화가 난 마교가 손을 쓴 것인가 하는 생각도 들었지만, 그렇다면 저들이 복면을 쓰고 자신들을 공격할 이유가 하등 존재하지 않기에 그런 생각은 금방 접었다.

그렇다면 저들은 누구란 말인가?

남궁린과 설파는 저들이 '물건'을 노리는 괴집단이라고 판단했다.

어디로 이야기가 샜는지 모르지만, 만약 그것이 사실이라면 그들은 큰 위기에 봉착한 셈이었다.

그리고 서장에서부터 시작된 추격전은 이제 남궁세가 일행을 멸문지화 직전까지 몰고 갔다.

가문을 떠나올 때 동원된 인원수는 모두 서른.

하지만 지금 살아 있는 이들은 단 일곱밖에 되지 않았다.

모두 남궁린과 '물건'을 지키려다가 목숨을 잃은 것이다.

"아마도… 어느 정도 따돌린 것 같습니다."

설파는 조용히 한숨을 내쉬며 말했다.

추격대를 따돌렸다는 것. 보통 때였으면 기뻐했을 테지만 지금은 도저히 기뻐할 수 없었다.

이곳까지 같이 왔던 이들 중 다섯 명이 다시 희생했다. 그들은 사지로 몸을 내던지면서까지 남궁세가가 다시 강호제일

가로 발돋움하기를 바랐다.

"소주께서는 자랑스러운 대남궁가의 무남독녀이십니다. 그런 분께서 이런 곳에서 피를 흘리시면 되겠습니까? 저희들이 이곳에 남겠습니다. 그러니 부디, 부디… 의천검세(義天劍世)의 영광을 다시 한 번 재현해 주십시오."

"그들은… 끝내 돌아오지 못했군요."

남궁린은 조용히 눈물을 흘렸다. 이깟 물건이 무엇인데, 그깟 의천검세의 영광이 무엇인데 이리도 많은 사람들이 타향에서 목숨을 잃어야 하는가.

그녀는 가슴을 꼭 끌어안았다. 가슴이 두근거리며 '물건'이 자신이 여기에 있다고 약동했다.

가문에게 다시 지난날의 영광을 가져다줄 거라던 보물이다. 하지만 마음 같아서는 당장에라도 심장에서 뽑아내 땅바닥에 내던지고 싶었다.

하나, 남궁린은 그러지 못했다.

이 안에는 스물세 명의 귀한 목숨이 담겨 있으니까. 또한 지난 일 년간의 여정 동안 바라 마지않던 소원이 꿈틀대고 있었다.

'반드시… 반드시… 이 물건을 세가로 가져갈 거야. 그리고… 저들의 소원을 들어줄 것이다.'

의천검세의 영광. 그것을 그리면서 남궁린은 가슴에 한 가지 다짐을 새겼다.

천상화가 한낱 우물 속 하늘을 바라보는 올챙이에서 연못에서 하늘을 바라보는 개구리로 변하는 순간이었다.

'지금 그 소원을 평생 가슴에서 잊지 말아주십시오.'

설파는 남궁린의 그런 변화를 가장 먼저 읽어냈다. 그 소원과 다짐이 평생 잊지 않기를 바랐다.

'저 소원이 이루어지기 위해서는 한시라도 바삐 이곳 십만대산을 빠져나가야 한다.'

삼십 년에 걸친 정마대전 이후로 정파와 마교 간에는 칠년지약이라는 휴전 협정이 맺어졌다.

칠년지약 안에는 정파인과 마인 그 누구도 서로에게 칼을 휘두를 수 없다는 내용이 적혀 있다.

하지만 칠년지약이 모든 분쟁을 막아주는 것은 아니었다.

서로의 영역을 존중해 주는 안건도 들어 있기 때문이었다.

만약 마인이 중원의 땅을 밟는다면? 정파인이 십만대산에 찾아온다면? 그들은 자신의 영역에 침범한 그들을 단죄할 수 있는 권한을 지닌다.

십만대산이 매우 넓고 험준하여 모든 마인의 눈길이 곳곳에 스며들 수 없긴 하지만, 그래도 세상사는 모르는 법. 만약 그들이 십만대산에 있다는 것이 마교의 감시망에 걸리기라도 하는 날에는…….

'모두가 끝이야.'

괴한들의 추격을 따돌리는 것도 힘들건만, 마교의 추격까지 감당해 내는 것은 그들로서는 불가능했다.

마교가 소혼의 등장으로 말미암아 한바탕 홍역을 치르고 바깥쪽으로 시선을 돌릴 틈새가 없다는 사실을 모르는 그들로서는 당연한 반응이라 할 수 있었다.

"한시라도 빨리 대응책을 강구해야 하는데……."

설파와 남궁린이 같은 고민거리를 안고 있을 무렵, 밖으로 정찰을 나갔던 무사가 돌아왔다.

"어떻게 되었나요? 추격자들은 없던가요?"

"다행히 근 오 리 안에는 들짐승 외에는 아무도 없는 듯합니다. 한데……."

"무슨 일이 있나요?"

남궁린이 차분한 어조로 물어오자 말하기를 꺼려하던 무사는 사뭇 굳어진 얼굴로 입을 열었다.

"죽은 지 며칠 되어 보이지 않는 시체가 발견되었습니다."

"시체요?"

남궁린과 설파의 눈동자가 휘둥그레졌다.

설파가 다급한 어조로 되물었다.

"그 시체가 괴한이나 마인일 가능성은?"

"저희들을 뒤쫓는 괴한들은 머리부터 발끝까지 검은색으로 모두 도배를 하고 있으니 그들은 아닌 듯합니다. 그렇다고 해서 시체에서 마인이라는 증표를 발견한 것도 아닌 터라 섣불리 판단을 내릴 수가 없었습니다."

"혹여나 우리와 괴한들의 추격전을 읽은 마교에서 내보낸 무사가 괴한들의 협공에 의해 죽은 것은 아닐까요?"

남궁린은 한때 학림원 학사를 지낸 유생에게서 학문을 배운 적이 있었다.

그 유생이 나중에 남궁린의 외모에 혹해 흑심만 품지 않았어도 남궁린은 논어(論語)는 물론, 맹자(孟子), 대학(大學) 등 사서(四書)와 시경(詩經), 서경(書經), 주역(周易)의 삼경(三經)까지 통달했을 거란 게 주변 사람들의 공통된 생각이었다.

그만큼 남궁린의 머리와 오성은 명석하고 재지가 뛰어나기로 유명했다.

"그럴지도 모르지요. 하지만 성급한 판단은 되레 독으로 작용할 수도 있습니다."

남궁린이 명석한 재지로 의견을 내놓는다면 설파는 오랜 강호 생활을 통해 축적된 경험에서 우러나온 삶의 지혜로 의견을 피력했다.

두 여인이 대화를 나누고 나면 좋은 결과가 반영될 때가 많아서 괴한들의 추격을 따돌리는 데에도 큰 공헌을 했다.

"답답하네요. 바깥 상황을 전혀 알 수 없으니…… 이럴 때에 전설로만 알려진 천안통, 심안만 있었어도 좋을 것을."

천안통은 마음만 먹는다면 천 리를 내다본다는 상단전 최고의 경지다.

하지만 심안을 여는 것부터 보통 무인들에게는 묘원한 일이기에 전설로 치부된 경지이기도 했다.

"그럴 수만 있었더라면 남궁세가가 이리 쉽게 무너지지도 않았을 테지요."

설파는 자조적인 웃음을 지었다.

남궁세가가 강호제일가로 군림하고 지금에 이르기까지 그 흥망성쇠를 전부 그녀의 두 눈으로 지켜봐왔기에 그 죄책감은 더욱 컸다.

"늘 말했지만 설파에게는 아무런 잘못이 없어요. 그러니까 그렇게 울상 짓지 말아요."

"소주에게는 미안한 마음뿐입니다."

설파가 씁쓸한 웃음을 지을 무렵, 바깥 상황을 보고하던 무사가 칼 한 자루를 남궁린에게 건넸다.

"이게 뭔가요?"

"그 시체가 가지고 있던 검입니다. 보통 무사들이 쓰는 청강검이겠거니 생각했지만 그래도 뭔가 이상하다 싶어서……"

"……?"

남궁린은 무사에게서 검을 받아 확인해 보았다.

늘씬하게 빠진 칼날에서는 금방이라도 예기가 쏟아질 듯했다. 검파를 살짝 쥐어보니 무겁지도 가볍지도 않은 것이 모든 무인들이 탐낼 만한 보검이었다.

보통 이런 검을 가진 사람은 고수일 가능성이 다분하다. 그리고 그런 고수들은 검을 자신의 자식처럼 아끼며 이름을 지어준다.

혹여나 자신이 알고 있는 검인가 싶어 남궁린은 검에 양각으로 새겨진 두 글자를 확인했다.

수마(修魔).

그들은 알지 못했다, 자신들을 추격하고 있는 궁의 사람들이 한 번 다녀간 곳에 정찰병을 보냈다는 사실을. 괴한 일당이 이미 한 번 지나친 곳에서 수마검을 주워온 것이다.

다행히 시간이 엇갈려 만나지 않았지, 만약에 그들과 만났더라면 남궁린 일행은 이미 삽시간에 놈들에게 둘러싸였을 터였다.

"수마검……?"

이런 사실을 까마득하게 모른 채 남궁린은 귀엽게 아미를 살짝 찌푸렸다. 어디선가 들어본 이름인데, 어디서 들었는지 기억이 나지 않았다.

"수마검이라면 성란육제 중 유제(幽帝)인 수라마검의 애검이 아닙니까?"

남궁린과 설파의 눈이 동시에 휘둥그레졌다.

이것이 유제 수라마검의 애검이라고? 그렇다면?

"정말 그 시체가 쥐고 있던 검인가요?"

남궁린은 살짝 높은 음색으로 무사에게 물었다.

"예. 비록 머리는 없었습니다만……."

"그럼 그 시체가 유제……?"

"수라마검이 이런 곳에서 죽어 있을 리가 없지 않나요?"

비록 유제 수라마검이 성란육제 중 가장 약하다고 분류되는 사람이라고 하지만, 절대위의 고수가 가지는 이름값은 무겁기 그지없었다.

남궁세가에서도 가주인 남궁정천이 겨우 신주삼십이객에 들어간 것을 감안한다면 그 벽은 너무나 높다.

그런 이가 이런 곳에서, 그것도 마교가 있는 천산에서 한참이나 떨어진 변방에 쓰러져 있다?

"어쩌면 수라마검을 동경하던 이가 죽으면서 남긴 것인지도 모르지요."

"하지만 이렇게 좋은 보검을 지녔을 정도면 비록 절대고수라 하더라도 자신의 무위에 대한 자존심이 드세서 타인을 따라 하지는 않을 텐데."

추측은 꼬리에 꼬리를 물었다.

하지만 결론은 도출되지 않았다. 이것의 주인이 설사 진짜 수라마검이라 할지라도 그들과는 하등 관련이 없으니까.

다만, 강호에 파란을 일으킬 초신성이 나타났다는 것과 동시에 이 근방에 그들 일행의 목숨을 좌지우지할지도 모르는 이들이 있다는 것만은 확실했다.

"쉬었으면 이만 이동하도록 해요."

남궁린은 수마검을 천으로 돌돌 말아 허리춤에 달았다. 나중에 가문에 도착하거든 '수마'라 적힌 부분을 녹여서 아버지께 드릴 생각이었다.

곧 그녀는 자리에서 일어나 일행에게 이동할 것을 명했다.

감숙까지는 얼마 남지 않았다. 이제는 이동해야 할 시간이었다.

다른 무사들도 지친 기색이 역력했지만, 곧 중원에 닿을 수 있을 거란 생각에 지친 마음을 다잡았다.

그들이 이곳에 있었다는 흔적을 모두 지우고서 자리를 이동하려던 때였다.

"누구냐!"

난데없이 들리는 인기척에 설파는 깜짝 놀라 소맷자락에 숨겨두었던 비도를 던졌다.

휙!

*　　　*　　　*

휙!

휙!

사방에서 날아드는 칼날들.

때로는 나무를 넘고, 또 때로는 풀숲을 지나 달려드는 자들을 향해 소혼은 분천도를 뽑아 들었다.

깡!

단 한 번의 충돌과 함께 분천일도 일도참이 단숨에 네 무인의 몸뚱어리를 훑고 지나갔다.

퍽!

놈들을 베어버리는 동작에서는 일말의 군더더기도 존재하지 않았다.

승태림과의 결전 이후 도진 내상이 극에 달한 상태지만 그것을 내색할 수는 없었다.

자신이 아프다는 것을 적들에게 밝히는 것만큼 멍청한 짓도 없으니까.

소혼은 어기충소의 수를 이용해 높이 뛰어오르며 몸을 빙그르르 돌렸다. 분천도에 맺힌 광염이 더욱 화르르 타오르면서 적들을 불살라 버렸다.

콰득!

퍽!

수십 개의 육편이 비가 되어 떨어지고, 핏물이 나무와 풀에 걸려 붉은색 잎을 자랑한다.

이틀 동안 벌어진 싸움에서 이미 수십 명의 무인이 소혼의 손에 죽었음에도 저들은 절대 공격을 멈추지 않았다.

그들에게 방어란 존재하지 않았다.

마치 공격만이 자신들이 아는 것의 다라고 말하는 것처럼 제 몸을 사리지 않고 달려드는 놈들의 모습에서는 광기마저 느껴졌다.

그런 놈들을 상대로 쉽게 칼을 휘두를 수도 없어서 소혼은 어쩔 수 없이 일도참과 광염사도를 적절히 사용하며 놈들을 상대했다.

샤락!

위쪽에서 두 명의 기척이 느껴졌다.

'그리고 아래에 하나, 뒤쪽에서 셋이 달려드는군.'

소혼은 적들의 움직임을 절대 놓치지 않았다.

칠보환천을 밟으며 재빨리 몸을 공간 속으로 숨겼다.

쉑!

쉑!

위쪽에서 두 구의 신형이 떨어졌다. 소혼을 노렸던 그들의 공격은 소혼이 사라지자 무위로 돌아가고 말았다.

사라진 소혼을 찾기 위해 고개를 두리번거릴 때, 그들의 등 뒤로 소혼이 나타났다.

"날 찾나?"

"……!"

놈들이 놀라 방어하려는 순간, 소혼은 대각선 방향으로 칼을 휘둘러 단숨에 놈들을 베어버렸다. 그리고 다시 칠보환천을 밟아 몸을 숨겼다.

아래쪽과 뒤쪽을 겨냥했던 이들은 재빨리 걸음을 멈췄다. 이대로 달렸다가는 언제 소혼이 나타나 그들의 머리를 앗아 갈지 모르는 까닭 때문이었다.

하지만 그런 근심 걱정이 오히려 더 그들의 죽음을 부채질 했다.

하얀 섬광 네 개가 동시다발적으로 일어났다.

픽!

소리는 하나였다. 하지만 죽음은 네 개였다.

"후우우우……."

소혼은 거목의 가지 위에서 조용히 숨을 골랐다.

'이들은 대체 누구지?'

승태림과 일전을 벌이고 난 이후, 그는 들끓는 내기를 진정 시키기 위해 마을을 찾아 헤맸다.

마을에 가서 의원을 만나 재료를 구한 후, 직접 자신이 환 단을 제조해 먹을 생각이었다.

하지만 신강 지역은 일반 사람들이 잘 살지 않는다.

대부분 부족 단위로 회족(回族), 살랍족(撒拉族) 등의 이족 들이 주로 살고 있다. 그런 탓에 일반 한인의 마을은 발견하 기 힘들었다.

그러던 중 정체를 알 수 없는 이들의 습격이 벌어졌다.

처음에는 승태림처럼 마교에서 보낸 추격대가 아닌가 하

는 생각도 했다.

하지만 곧 그런 생각을 지웠다.

마교의 추격대라면 절대 이런 허섭스레기 같은 놈들을 보내지 않는다. 수라마검이 죽었다는 것을 안 이상, 보다 강한 이를 보내거나 보다 뛰어난 추격대를 편성하는 것이 옳은 탓이다.

게다가 마인은 절대 자신을 숨기는 행위를 하지 않기 때문에 이들처럼 검은 복면을 쓰지도 않는다.

마교의 영역인 십만대산에 정체를 알 수 없는 이들이 나타났다는 것도 이상한 일이지만, 이들이 자신을 노리는 것도 이상했다.

'대체……'

게다가 놈들의 등장으로 조금씩 나아가던 내상이 더욱 크게 벌어지고 말았다.

모공호흡으로 들끓는 화기를 억누르려 해도 자꾸 여기저기에서 놈들이 튀어나오고 있으니.

'놈들의 배후가 어디고 왜 날 공격하는지부터 알아봐야겠다.'

생각을 정리한 소혼은 자신과 가장 인접한 곳에서 몸을 숨기고 있는 놈 쪽으로 공간을 좁혔다.

쉭!

갑작스런 바람 소리에 놈은 소혼의 공격을 피해 달아나려고 했다.

소혼은 다시 칠보환천을 밟아 아래쪽을 겨냥했던 녀석의 목을 낚아챘다. 독약을 삼킬 수 없도록 혈도를 짚는 것을 잊지 않았다.

"커헉!"

"너희들은 대체 누구지?"

"말해… 줄 수 없다……."

소혼은 싸늘한 미소를 지었다.

"말할 수 없다라……. 과연 그 생각이 언제까지 갈 수 있는지 봐주겠다."

만약 눈을 마주칠 수 있다면 상대의 이지를 제압해 모든 것을 토설하게 만드는 탈백마안(奪魄魔眼)을 사용했을 테지만, 안타깝게도 소혼은 두 눈이 먼 상태였다.

하지만 이보다는 효과가 떨어져도 비슷한 능력을 가진 기술은 얼마든지 있었다.

마공음(魔空音). 목소리에 마기를 실어 서서히 이성을 잠식해 나가 끝내는 실혼인으로 만드는 수법이었다.

"다시 묻겠다. 너희들은 누구냐?"

"우리들은… 제혼대……."

"제혼대?"

들어본 적 없는 이름이다. 마교에도, 정파의 주요 문파에서도 제혼이라는 이름을 가진 무단은 없었다.

"제혼대는 어느 문파의 소속인가?"

"우리들은… 제… 천……."

"제천?"

"궁……!"

그때였다.

퍽!

소혼에게 멱살을 잡혔던 놈의 머리가 갑자기 터져 나갔다. 소혼은 깜짝 놀라 분천도를 들어 올리며 소리쳤다.

"누구냐!"

"낄낄, 네가 바로 궁주가 놀도록 허락해 주신 장난감인가 보구나."

모습을 드러낸 것은 노인이었다. 꾸부정하게 허리를 숙이고 얼굴에 주름이 가득한 것이, 언제 세상을 떠나도 하등 이상할 것이 없는 노인네였다.

분명 걷는 걸음걸이나 몸에서 흘러나오는 기도도 평범하기 그지없었다.

하지만 소혼은 본능적으로 깨달았다, 상대는 수라마검 승태림과 비교해도 절대 뒤지지 않는 절대고수라고.

"노인은 누구시오?"

"호오, 내가 노인이라는 것을 안다? 혹여 심안을 뜬 게냐? 화산의 제자인가?"

'심안'과 '화산의 제자'라고 언급했다. 노인은 소혼이 천안연결을 익혔다는 사실을 단박에 알아챈 것이다.

"아니지. 화산의 제자라면 마공음 따위를 알 리가 없는데. 혹시 너, 마교의 제자냐?"

"…당신은 누구시오?"

소혼은 화륜심결을 끌어올리며 물었다.

화기가 스쳐 지나가면서 다시 몸을 저리게 만들었지만, 지금은 그깟 고통에 신경 쓸 때가 아니었다.

"너는 장유유서라는 말도 모르느냐? 어른이 물었으면 먼저 대답을 해야지!"

"소혼이라 하오. 다시 묻겠소. 당신은 누구시오?"

"나? 나로 말할 것 같으면……."

일순, 잠잠하기만 하던 노인의 기도가 단박에 백팔십도 바뀌고 말았다. 사위를 압도하는 무언가가 느껴졌다.

"만독자(萬毒子)라고 한다."

그 말과 함께 노인은 손가락을 튕겼다. 동시에 소혼은 몸이 축 늘어지며 힘이 실리지 않는다는 것을 느꼈다.

"이건……?"

"영면분(永眠粉)이다. 말 그대로 평생 잠만 재워주는 가루지. 어떠냐, 이 만독자의 약을 난생처음 흡입해 본 소감이?"

눈꺼풀이 자꾸만 처지고 의식이 몽롱해졌다. 승태림이 건넸던 마혼주와 비교해도 절대 뒤지지 않는 독이었다.

소혼은 억지로 정신을 부여잡으며 한 발을 앞으로 성큼 내밀었다. 화륜심결이 다시금 유동하기 시작했다.

"무미(無味)이오만?"

도첨에서 하얀 섬광이 일어나 곧 도신 전체가 광염에 휩싸였다. 화끈한 열기와 함께 정신이 돌아오는 것을 느꼈다.

팟!

소혼은 만독자와의 간격을 바짝 좁히면서 칼을 크게 휘둘렀다.

쉐에에엑!

"어린것이 아직 약의 맛을 잘 알지 못하는가 보구나. 낄낄. 좋다, 지금부터 내가 제대로 약이란 것에 대해 가르쳐 주마!"

만독자는 껄껄 웃으면서 양손을 강하게 부딪쳤다.

검은색 진물이 그가 딛고 있는 곳을 중심으로 크게 번지며 땅을 잠식해 갔다.

바람에 살랑이던 식물들이 독에 침식되어 검게 죽어버린 것은 단 몇 초에 지나지 않았다.

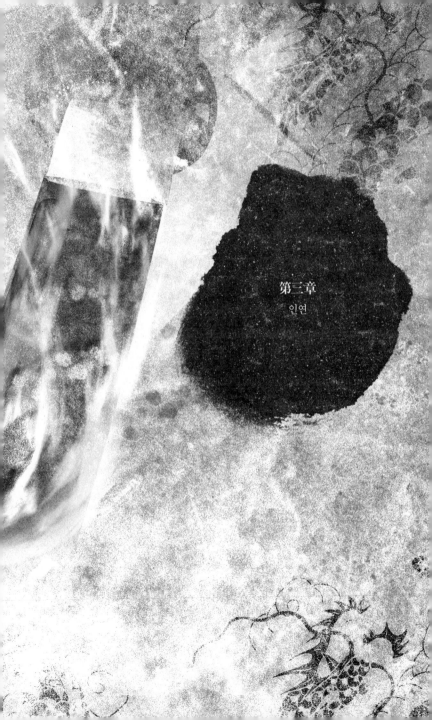

第三章

인연

神刀無雙
신도무쌍

펑!

광염과 진물이 부딪친 자리에는 마치 화약이 터진 것처럼 커다란 폭발력을 남겼다.

소혼은 손에 이는 묵직한 감촉에 이를 꽉 깨물었다. 평상시라면 모르되 이렇게 몸이 성치 않은 상태에서 계속 노인의 공격을 막는 것은 힘들 듯싶었다.

'만독자라고 했나?'

허리를 꾸부정하게 숙인 노인은 쉴 새 없이 손을 놀려대는 소혼과는 다르게 제자리에서 그냥 가만히 손가락만 흔들 뿐이었다.

문제는 그때마다 땅을 잠식한 독기가 튀어나와 소혼의 발목을 잡는다는 것이었다.

다행히 분천도에서 이는 광염에 독기가 일정 이상 접근하지 못했지만, 잠시라도 방심을 보일라 치면 독기가 금세 간격을 좁혀들어 왔다.

벌써 노인의 독에 중독되었다가 그 독기를 태운 횟수만 해도 다섯 번째였다.

'전혀 들어보지 못한 별호다.'

별호에 '독' 자가 들어가는 것으로 보아 당가나 만독문 쪽의 사람일 가능성이 높지만, 그것은 아무도 모르는 일.

칠 년 이상 정마대전에 임했던 소혼조차 만독자라는 별호는 들어보지 못했다.

하지만 한 가지만은 확실했다.

저 노인은 '만독'이라는 별호를 가지기에 충분할 정도로 뛰어난 실력을 지녔다는 것, 그리고 지난바 무위가 수라마검에 필적했다. 절대위의 고수라는 의미였다.

'제천궁이라는 곳의 사람인가?'

소혼은 강호에 나온 지 얼마 되지 않아 요즘 들어 한창 강호를 뜨겁게 달구고 있는 제천궁에 대해서는 들어본 적이 없었다. 그러니 고개를 갸웃거릴 수밖에.

'여하튼 이곳을 빠져나가야 한다.'

소혼은 광염을 잔뜩 끌어모은 후에 힘차게 휘둘렀다.

콰르르릉!

열권풍이 불어닥치며 커다란 회오리바람을 일으켰다.

수십 개의 열풍이 칼바람이 되어 곳곳에 뿌려지고, 화마가 숲을 태워먹을 듯이 붉은 혀를 날름거렸다.

독의 상극은 불.

불꽃은 만독자의 독지를 단숨에 집어삼키며 금방이라도 만독자를 집어삼킬 것만 같았다.

"호오, 강하다고는 생각했지만 이 정도일 줄이야. 하지만 아이야, 이것만은 알아두어라. 불이 무조건 독의 상극이라는 것은 아무것도 모르는 삼류들이나 지껄이는 소리란다."

만독자는 마치 친손자를 타이르듯이 입을 열었다.

"더 강한 독은 불을 억누르게 되어 있다."

손가락을 가볍게 튕기자 독지에서 수백 개의 탄알이 쏘아졌다.

파파파팡!

무서울 정도로 타오르던 회오리 중심에 하나둘씩 구멍이 만들어지더니 이내 커다란 구멍이 하나 생겼다. 동시에 매섭게 몰아치던 열풍이 차갑게 식었다.

그 위로 다시 수백 개의 탄알이 쏘아지면서 단숨에 화마의 불길을 잠재웠다.

"낄낄, 어떠냐? 제아무리 커다란 불꽃이라 하더라도 노부의 독 아래에서 순한 양처럼 잠재워지는 것을. 너도 충분히 가능하……."

바로 그 순간이었다, 소혼이 미소를 지은 것은.

"응?"

만독자가 뜻을 몰라 고개를 갸웃거렸을 때, 갑자기 소혼의 신형이 바람과 함께 휩쓸려 사라져 버렸다.

"……!"

만독자는 그제야 깨달았다, 놈이 회오리를 일으키자마자 바로 자리를 내뺐다는 것을. 자신이 본 놈의 형상은 불꽃으로 만든 꼭두각시 인형일 뿐이었다.

"이노오오옴!"

자신이 당했다는 사실에 화를 금치 못해 소리쳤지만 이미 소혼은 사라진 상태. 만독자는 황당함을 참지 못했다.

"지난 이 갑자하고도 반이 넘는 세월 동안 나에게 이런 식으로 엿을 먹인 상대는 찾지 못했거늘. 낄낄! 좋다. 내가 너를 찾아낼 수 있나 없나 어디 한번 해보자. 본 궁의 이름을 들은 이상 절대 살려둘 수 없는 일이니."

만독자는 차갑게 웃으며 자신의 진신절학인 독왕공(毒王功)을 전개했다.

검은색 진물이 더 빠르게 확장했다.

독지로 변한 땅 위에는 그 어떤 식물도 살 수 없었다. 십만 대산의 울창한 숲이 독물에 녹아내리거나 금방 시들어 버렸다.

"한번 피해보아라. 그래 봤자 부처님 손바닥 안 손오공이겠지만. 낄낄."

팟!
팟!
소혼은 칠보환천을 극성으로 전개하며 수십 그루의 나무를 수도 없이 넘나들고 있었다.

마라만리(魔羅萬理)와 비영공(飛影功)을 적절히 전개하며 날아다니는 소혼.

소가장의 보법이자 경공술이었던 전륜보(轉輪步)도 가끔씩 사용해 가며 최대한 만독자와의 거리를 떨어뜨렸다.

"언제 쫓아올지 모르는 일이니."

소혼은 작게 중얼거렸다.

"만독자와 복면인. 그들은 대체 누구지?"

정체를 알 수 없는 이들의 등장. 마교의 추격조차 없는 이 때에 자신에게 공격을 감행한 이들은 대체 누구란 말인가.

의아함을 터뜨릴 무렵, 갑자기 그의 귓가로 만독자의 음성이 들려왔다.

[듣지 않았느냐. 우린 제천궁에서 왔다고.]

"……!"

소혼은 재빨리 자리에서 멈춰 기감을 확대했다. 이렇게 바로 옆에서 혼잣말에 반응을 할 정도라면 아무리 멀리 도망쳐도 소용없다.

"어디지?"

[여기란다, 아이야.]

소혼이 고개를 숙여 바로 아래를 바라보자, 진물이 그가 디디고 있는 땅에까지 잠식하고 있는 것을 확인할 수 있었다.

주위를 둘러보니 이 일대가 전부 독지로 화해 있었다.

'분명 몇 리를 뛰었는데!'

몇 리에 해당하는 전 지역을 독지로 만들어 버렸다? 제아무리 천하의 독인이라 하더라도 몸에 보유할 수 있는 독의 양이 있을 터인데, 이 정도로 무지막지하게 많은 양을 가지고 있다면 그것은 영물이라고 해도 과언이 아니었다.

'피해야 한다!'

전륜보를 밟아 높이 뛰어오르려는 순간, 검은 독지에서 노인이 불쑥 튀어나왔다. 만독자였다.

"너는 손오공이란다. 물론 나는 부처님이고."

탁!

만독자가 다시 한 번 손을 가볍게 튕기자 사방에서 검은 진물이 길게 솟아오르더니, 마치 전설 속의 팔이 긴 괴수처럼 소혼을 덮치기 위해 달려들었다.

콰르르릉!

소혼은 얼마 남지 않은 내공을 다시 뽑아 열권풍을 전개했다. 하지만 열권풍이 소모하는 내공의 양이 만만치 않은지라 소혼에게도 많은 무리가 갔다.

"음······."

절로 나오는 신음을 참으며 열권풍으로 독기들을 모두 태워 버린 다음, 광염사도 화편월을 터뜨려 수십 개의 유성우를 내리꽂았다.

파파파팡!

화기와 독기가 만나면서 동시다발적으로 수십 개의 폭발이 일었다.

소혼은 그 혼잡한 틈새 사이로 칠보환천을 밟아 만독자와의 간격을 좁혔다. 광염이 더 크게 타오르며 만독자의 머리 위로 떨어지려는 찰나,

"내가 이깟 공격에 당할 줄 알았나?"

만독자가 흐뭇한 미소를 짓고 있었다.

"······!"

벼락처럼 내리꽂히는 일도참에 맞서 만독자는 손을 앞으로 쭉 내밀었다.

독기가 일렁이면서 검은 구름을 꾸역꾸역 토해냈다.

펑!

다시 한 번 화기와 독기가 만나면서 폭발이 일었다. 이때 폭발이 사방을 휘감았는데, 공격을 그대로 감당한 것은 만독자가 아닌 소혼이었다.

내공 대결에서 소혼이 패하고 말았기 때문이다.

"컥!"

소혼은 둔탁한 비명 소리와 함께 땅 아래로 떨어졌다. 만독자는 흑색으로 일렁이는 손을 앞으로 쭉 내밀면서 종언을 고했다.

"네 이름이 뭔지는 몰라도 재밌었단다, 아이야."

콰아아아!

독기를 한가득 머금은 장풍이 장심을 떠나 소혼을 덮치려는 순간,

핑!

"응?"

분천도의 도첨에서 한줄기 광염이 쏘아졌다.

화탄은 장풍을 가볍게 뚫고 지나가며 만독자의 얼굴 위를 스쳐 지나갔다.

"크아아아악!"

왼쪽 눈이 시커멓게 타들어가는 느낌과 함께 앞이 보이지 않았다. 이루 말로 표현할 수 없을 정도의 뜨거운 고통이 전신을 휘감았다.

만독자는 한 손으로 왼쪽 눈을 감싸며 발을 동동 굴렀다. 소리도 질러보고 혈도 짚어보았지만 고통은 낮지 않았다. 도리어 안구를 타고 화기가 뇌문에까지 침범했다.

애꾸. 자신이 그토록 경멸하던 병신이 되고 만 것이다.

"죽이겠다! 죽이겠다! 네놈이 어디에 있든 반드시 죽이고

야 말겠다! 감히 십천사(十天師) 중 한 명인 나 독사를 건드린 대가는 톡톡히 치러주겠다!"

하지만 소혼은 이미 만독자의 기감에서 몸을 숨긴 지 오래였다.

'전륜보가 이럴 때 도움이 될 줄 몰랐군.'

소혼은 소가장의 또 다른 무학인 전륜보를 떠올리며 쓰게 웃었다.

승륜심결, 회륜도, 전륜보.

소가장에서 익혔던 세 가지 무공.

모두 한낱 삼류 무공으로만 치부했던 것들인데, 승륜심결은 어느새 화륜으로 변해 그의 독문 심법이 되었고, 회륜도는 분천칠도가 되어 그의 신위를 지켜주었다.

전륜보 역시 단순한 걸음걸이로만 여겼는데 이번에 전륜보의 요미를 톡톡히 알게 되었다. 기척을 지우고 드러내는 데 큰 도움이 될 뿐만 아니라 다른 보신경에 적용했을 경우에 보다 더 큰 효력을 발휘했다.

'하지만 너무 무리했다.'

소혼은 마지막 화탄을 쏘면서 다시 무리하게 공력을 끌어올렸다.

그것은 그렇지 않아도 좋지 않았던 몸 상태를 최악의 상황으로까지 몰고 가버렸다.

'피해야 해…….'

소혼은 점차 꺼져 가는 의식을 놓치지 않으려 끝까지 부여 잡으면서 한 걸음 한 걸음 무거운 발걸음을 내디뎠다.

*　　　　*　　　　*

"소혼이라고 했겠다……! 소혼……!"

만독자는 크게 고함을 질렀다. 백오십 년 동안 쌓아왔던 공력이 사자후에 실리며 산 전체를 쩌렁쩌렁하게 울렸다.

소혼… 소혼……. 메아리가 되어 울리는 목소리. 만독자는 '소혼' 이라는 두 글자를 질겅질겅 씹듯이 내뱉었다.

자신의 눈을 앗아간 놈이다.

육편을 질겅질겅 씹고 먹고 뼈를 갈아 마시며, 눈을 뽑아 내장과 한데 뒤섞어 버려도 시원찮을 놈이었다.

기실 만독자는 자신이 눈을 잃어버렸다는 사실보다 한낱 장난감으로만 치부했던 놈에게 이루 말로 표현할 수 없는 수모를 당했다는 사실에 더욱 분기를 토했다.

그가 살아온 인생만 해도 이 갑자하고도 반 갑자다.

백오십 년이라는 생애 동안 그의 몸에 생채기를 줄 수 있는 놈은 천중팔좌와 칠성(七星), 그리고 그와 같은 오천(五天)밖에는 없었다.

그렇기에 그는 더더욱 화가 났다.

한낱 애송이 따위에게 눈을 빼앗겼다는 사실에 분을 참지 못하는 것이다.

"죽이겠다! 죽이고 말 테다!"

만독자는 한참이나 그렇게 성을 내고서야 제정신을 되찾을 수 있었다.

제정신을 찾은 후의 그의 눈빛은 북해빙설의 얼음 대지처럼 차갑기만 했다.

처음 소혼과 만났을 때에 보여주었던 장난기는 더 이상 찾아볼 수 없었다. 오직 적으로 삼은 녀석을 기필코 죽이고야 말겠다는 살의만이 번뜩였다.

"적영(赤影)!"

슉.

"하명하십시오."

한 남자가 부복하며 만독자 옆에 나타났다. 궁이 자랑하는 십천사 중 한 명인 귀사(鬼師)가 심혈을 기울여 만든 일곱 그림자 중 한 명인 적영이었다.

"제혼대를 이끌고 놈을 찾아라."

"놈을 죽일까요?"

"아니. 내 손으로 직접 죽인다. 이 두 손으로 놈의 머리를 척추와 함께 몸뚱어리에서 뽑아내고 말 것이야."

"알겠습니다."

적영은 높이 뛰어올라 숲 속으로 사라졌다. 그 뒤를 제혼대가 뒤따랐다.

심령으로 연결된 그들이니 넓게 퍼져서 놈을 찾는 데는 큰 무리가 없을 터였다.

만독자는 다시금 양손을 마주치면서 독왕공의 능력을 끌어올렸다.

검은색 진물이 다시금 확장을 시작하며, 십만대산의 어느 이름 모를 산은 점차 더 이상 생물이 살 수 없는 황무지로 변해갔다.

*   *   *

승태림과의 일전 때 입은 내상은 어떻게 막을 수 있었다. 하지만 만독자와 싸우면서 무리하게 공력을 끌어올린 것은 내상을 더 크게 도지게 해 막을 수 있는 성질의 것이 아니었다.

백팔십 요혈에 축적해 둔 공력도 거의 바닥을 보이는 상태라 이대로라면 언제 쓰러질지 본인도 알지 못했다.

점차 몸이 무거워진다. 이대로라면 언제 의식을 잃을지 모르는 일. 소혼은 흔들리는 정신을 마지막까지 놓치지 않으면서 발걸음을 바삐 놀렸다.

'버텨야 한다, 버텨야만 해…….'

소혼은 가슴을 부여잡으며 이를 악물었다.

걸음을 옮기던 중, 근처에서 느껴지는 인기척에 그곳을 향해 발걸음을 옮겼다.

'정파인의 기척이다……'

어쩌면 치료를 받을 수 있을지도 모른다는 생각이 들었다.

물론 적일 가능성은 배제하지 않았다.

도파—손잡이—를 쥐고 있는 손길에 힘이 실렸다.

남궁린 일행이 자리에서 일어나 이동을 개시하려던 때에 느껴진 인기척.

"누구냐!"

설파가 그곳을 향해 비수를 던졌다.

쉭!

비수가 칼에 튕기는 소리가 들렸다.

챙!

샤락.

풀숲을 가르며 한 남자가 등장했다.

눈가를 두건으로 가린 사내였는데, 몸 여기저기에 상처가 여러 개 나 있고 비틀거리는 것이, 거친 싸움을 하고 도망친 것이 분명했다.

하지만 이것도 괴한들의 함정일지도 모른다.

설파를 비롯한 일곱 무인은 저마다 검을 빼 들며 혹시 벌어질지 모르는 만약의 일에 대비했다.

'저 사람… 많이 아파 보여…….'

남궁린이 사내를 보자마자 든 생각이었다.

그녀는 본능적으로 깨달았다.

상대는 절대 그녀를 위해할 적이 아니라는 것을.

'그런데 어디선가 만난 듯한 기분이 들어. 대체 누구지?'

챙!

소혼은 난데없이 날아든 비도를 막아내면서 울컥 하고 핏물을 토해냈다.

'제길…….'

다짜고짜 비도를 던진 노파도 미웠지만, 이 정도 충격파도 견디지 못하는 자신이 더 미웠다. 자그마한 충격에 불과하나 그것만으로도 몸은 큰 충격을 입을 정도로 큰 내상을 입은 것이다.

선혈을 흘렸다. 내상이 이미 주요 요혈에까지 번졌다는 뜻이다.

자신이 적이 아니라는 것을 저들에게 알려주어야만 했다. 그리고 도움을 구해야만 했다.

혹여나 자신을 쫓아온 마인이나 그도 아니면 만독자와 같은 제천궁이라는 곳의 괴한들일 가능성은 접어두었다.

육감이 외치고 있었기에.

저곳에는 그의 적이 없다고 육감은 말했다.

한 발자국을 내디뎠다.

심안이 노파와 일곱 무인을 지나 한 여인을 가리켰다.

심안은 만능이 아니기에 사람의 미추를 판별하지 못한다. 하지만 또한 만능이기에 사람의 성정, 즉 선악을 판단해 낸다.

소혼은 깨달았다.

저 여인이라면 자신을 도와줄 수 있을 거라고.

쿵.

소혼은 몇 걸음을 걷지 못하고 자리에서 쓰러지고 말았다. 동시에 입가를 따라 다량의 핏물이 쏟아졌다.

"이 사람이 혹······?"

몸이 상처로 도배되어 있다시피 한다.

상처에서 아직도 핏물이 흘러나오는 것으로 보아 분명 방금 전까지 목숨을 건 싸움을 한 것이 분명했다.

또한 옷이 핏물로 젖어 있는 것이 이 사내의 것이 아닌 다른 사람을 죽이면서 뒤집어썼다는 것을 말해주었다.

남궁린은 문득 이 사내가 수라마검으로 추정되는 남자와 싸운 사람일지도 모른다는 생각이 들었다.

"설파, 상태가 어때요?"

사내의 맥을 짚어보던 설파가 고개를 가로저었다.

"살아나기 힘들 것 같습니다."

"그렇게… 위험한가요?"

"기맥을 따라 흐르는 기가 풍부한 것으로 보아 고수였던 것이 분명합니다. 하지만 싸움이 너무 치열했는지 내상이 너무 크고 무엇보다…….."

"무엇보다?"

"추궁과혈로 울혈을 토하게 해주려 해도 몸속에 흐르는 화기가 너무 독해서 손을 쓸 수가 없습니다."

"설파가… 힘들어할 정도인가요?"

남궁린으로서는 놀랄 수밖에 없었다.

비록 설파가 신위를 떨친 기간이 얼마 되지 않아 제대로 된 평가를 받지는 못했지만, 그녀의 실력 정도라면 신주삼십이 객에 드는 것도 무리가 아닐 거란 것이 남궁린과 그녀의 아버지 남궁정천의 생각이었다.

초절정고수인 설파가 손대기 힘들 정도의 내공을 보유한 사람이라면 분명 유명할 텐데.

하지만 아무리 머리를 뒤져 보아도 그만한 실력을 지닌 맹인고수는 떠오르지 않았다.

"여하튼 살아나기는 힘들 듯합니다. 열양공을 익힌 것 같은데… 이대로라면 몸이 타들어가는 듯한 고통에 미쳐 날뛰다가 시름시름 죽고 말 겁니다."

설파의 시선이 남궁린에게로 향했다.

"차라리 손을 써주는 것이…….."

손을 쓴다는 것은 그들의 손으로 사내의 목숨을 끊어버린다는 뜻이었다.

입마에 빠져 고통에 힘겨워하는 이들을 위해 마지막으로 내려주는 처방전이기도 했다.

하지만,

"아니요. 안 돼요. 더 이상 제 눈앞에서 누가 죽는 것은 제가 용납하지 못해요."

남궁린은 그녀의 눈앞에서 누군가가 죽어간다는 것을 지켜볼 수가 없었다.

"하지만……."

"추궁과혈이 힘들다면 그것과 동등한 효과를 보이면 되는 거잖아요?"

"……?"

일순, 설파의 머릿속으로 무언가가 스쳐 지나갔다.

"서, 설마……!"

설파는 자신이 생각한 '그것'이 아니길 빌었다.

만약 남궁린이 말하는 '동등한 효과'가 그것을 말하는 것이라면, 그들은 그들 앞도 제대로 분간하지 못하는 이 상황에서 남에게만 이로운 무가지보(無價之寶)를 내놓는 셈이 되기 때문이었다.

"청정단(淸淨丹)은 안 됩니다! 이제 세가에서도 단 세 개밖에 남지 않은 것을……!"

청정단.

비밀리에 내려오기에 일반 무인들은 잘 알지 못하지만, 예부터 남궁가에는 소림의 소환단과 비교해도 절대 뒤지지 않는 신약(神藥)이 있었다.

비록 가문이 몰락하면서 그 연단 방법은 사라졌으나, 한 번 먹게 되면 모든 잔병이 낫게 되고, 몸 안에 쌓인 탁기와 노폐물을 모두 배출시켜 준다는 약이다.

무당의 태청단이나 화산의 매화단처럼 공력을 증진시켜 주는 효과는 없지만, 대신에 벌모세수의 효과를 볼 수 있다는 점에서 청정단은 소환단과 동등한 효력을 지닌 영단으로 분류된다.

그런 신약을, 혹시나 일이 잘못되면 먹으라고 가주가 주었던 정천단을 처음 만나는 생면부지의, 어쩌면 적일지도 모르는 이에게 준다는 것은 어불성설이나 다름없었다.

"어차피 이 약은 제가 쓸 수 없다는 것을 잘 알잖아요?"

"그, 그렇지만……."

남궁린은 서장에 다녀온 이후로 더 이상 무공을 펼치지 못하는 몸이 되어버렸다.

'물건'을 몸에 받아들이면서 하늘에 닿는 지혜와 가문이 그토록 바라던 '그것'을 얻은 대신에 그녀는 정작 삼 년이라는 짧은 시간과 천음절맥(天陰絶脈)이라는 고질병을 얻고 말았다.

"어차피 나에게 주어진 약이에요. 이 사람에게 준다고 해서 나쁠 것은 없겠지요."

남궁린은 고개를 숙여 사내를 보았다.

그리곤 고개를 들어 다시 설파를 보았다.

"그리고 나 역시 아무런 대가 없이 이 보배를 내놓을 생각은 없어요."

"그럼……?"

"분명히 이 사람이 설파와 비슷한 경지의 사람이라고 그랬죠? 어쩌면 이 사람이 수마검의 주인을 꺾은 사람일지도 몰라요. 우리는 보물을 하나 내놓음으로써 무엇과도 바꿀 수 없는 동행자를 얻게 되는 거지요."

"설마 이자가 수라마검을 꺾은 사람이라 생각하시는 겁니까?"

남궁린은 가만히 고개를 끄덕였다.

"하지만 그 사람이 이 사람일 거란 증거는 어디에도 없……."

"'물건'이 서장에 있다고 믿었던 사람은 아무도 없었지요. 하지만 지푸라기라도 잡고 싶은 심정으로 움직였던 게 아니었나요? 그리고 우리는 '물건'을 취했어요. 이미 기적이 한 번 벌어졌는데, 또 다른 기적이 벌어지라는 법이 없는 것도 아니잖아요."

설파는 길게 한숨을 내쉬었다. 그녀는 누구보다 잘 알았다,

자신이 친손녀처럼 생각하는 작은 주인의 고집을.

눈앞에서 또 한 명의 생명이 죽어가는 것을 보지 못하겠다는 고집과 강한 동반자를 얻고 싶어하는 고집.

서로 상반된 마음이 남궁린의 마음속에 자리 잡았다.

"하지만 청정단을 생면부지의 사람에게 주는 것은 너무나 아깝습니다. 차라리 다른 무인들에게 주는 것은⋯⋯."

설파는 끝까지 미련을 놓치지 못했다.

하지만 남궁린은 그 대답 역시 간단하게 일축시켰다.

"대원들에게는 미안하지만⋯ 청정단은 내공을 증진시키지 못해요. 또한 일곱 사람에게 나누어 주기 위해 환단에 조금이라도 흠을 내게 되면⋯ 약력은 완전히 사라져 버려요. 혹시 호린대 중에서 청정단을 먹을 사람이 있나요? 원한다면 지금 드릴게요."

호린대 대주 남선이 쓸쓸하게 웃었다.

"저희들은 제 목숨 살자고 다른 이들을 저버리고 청정단을 먹을 정도로 모질지 못합니다. 게다가 세가에서 가져왔던 정화환(淨化丸)을 먹고 운기조식도 충분히 한 터라 청정단은 큰 효력을 보지 못할 겁니다. 그 청정단⋯ 소주 뜻대로 처리하십시오."

하지만 설파는 여전히 미련을 떨치지 못한 얼굴이었다.

"그래도 타인에게 세가의 보배를 내준다는 것은⋯⋯."

"설파."

"소주……."

"세가를 이을 차대 가주로서의 명이라고 해도 안 되나
요?"

"후우, 그렇게까지 의견이 강하다면 그렇게 하십시오."

설파의 허락이 떨어지자 남궁린은 그럴 줄 알았다는 듯이
생긋 웃었다.

"고마워요. 다른 사람이 뭐라 그래도 설파는 정말 좋은 사
람이에요."

설파는 씁쓸하게 웃었다.

"이 늙은이는 소주에게는 언제나 착한 사람이랍니다."

남궁린은 품에서 손바닥만 한 크기의 목합을 꺼냈다.

단추를 눌러 뚜껑을 열자 청아한 향기가 코를 찔렀다. 엄지
반만 한 크기의 청색 단환이 그곳에 있었다.

남궁린은 청정단을 손으로 집고는 다른 무사들에게 호법
을 부탁했다.

"여기서 실수라도 하면 청정단이 별 효력을 볼 수 없을지
도 모르니까 잘 지켜주세요."

"걱정 마십시오. 쥐 새끼 한 마리 얼씬거리지 못하게 하겠
습니다."

남선의 대답에 남궁린은 미소로 화답했다.

"그럼."

청정단을 잘 삼킬 수 있게 설파는 사내의 기도를 확보했다.

남궁린은 사내의 입가 안쪽으로 청정단을 던졌다.

청정단은 단단한 모양새와는 다르게 사내의 타액과 만나 자마자 흐물흐물 녹았다. 식도를 타고 흘러내려 가는 것을 확인한 후, 남궁린은 사내가 편하게 누울 수 있도록 전신을 일 자로 펴주었다.

'그런데 나도 대체 무슨 생각이었을까? 청정단을 내줄 생각을 하고.'

남궁린이 체아무리 마음이 여리고 이름 모를 사람이라고 해서 죽어가는 것을 보고만 있지 못한다고는 하나, 가문의 보배를 선뜻 내주는 것은 쉽게 결정할 수 있는 사안이 아니었다.

그럼에도 그녀는 아무런 고민 없이 청정단을 내주었다. 마치 그것이 당연하기라도 한 것처럼.

'어쩌면 이 사람을 처음 보자마자 든 느낌에……'

남궁린은 알지 못했다, 지금 그녀가 내린 결정은 머리가 아닌 가슴이 시켰다는 것을. 자신도 깨닫지 못하는 사이에 인연의 실이 엮이고 있다는 것을 알지 못했다.

'어서 나으세요. 당신이 어쩌면 우리를 위기에서 구해줄 구세주일지도 모르니까.'

하지만 분명 그것은 보답을 바란 선행이었다.

어릴 때부터 꿈꾸어왔던 협의 정신. 남궁린은 그 꿈을 자신이 꺾어버렸다는 사실에 혀 뒤끝이 살짝 씁쓸해지는 것을 느졌다.

이때, 소혼은 무아지경에 빠져 있었다.

하지만 의식은 살아 있었다.

심안은 밖을 비추지 않을 때에는 안을 비춘다. 이른바 관조라고 부르는 현상이다.

소혼은 내상을 들끓는 내기를 진정시키면서 이대로는 정말 내상을 다스리지 못하고 입마에 허덕이다 죽을지도 모른다는 생각을 했다.

죽는 것은 무섭지 않지만, 그와 그를 믿고 따르던 동료들을 나락을 빠뜨렸던 원수들을 징벌하지 못하고 죽는다는 것이 원통하고 분했다.

하나, 하늘은 그런 그를 버리지 않았다.

아니, 오히려 더 큰 기회를 주었다.

목을 타고 무언가가 내려왔다.

청아하면서도 상쾌한 느낌의 물이었다.

'뭐지, 이건?'

소혼이 의아함을 느낄 때, 위 속으로 들어간 물이 갑자기 사지백해에 퍼지기 시작했다.

몸속에 스며드는 속도는 너무나 빨라서 소혼의 심안으로도 그 움직임을 읽어낼 수 없었다.

혹여나 무언가가 잘못되지는 않을까 하는 걱정이 드는 순간, 몸이 갑자기 붕 뜨는 듯한 느낌에 사로잡혔다.

화끈하게 달아오른 상처를 시원한 솔잎으로 덮은 것 같다. 상쾌한 느낌과 함께 마치 구름 위를 노니는 신선이 된 기분이었다.

'상처가 치유된다?'

정체를 알 수 없는 물은 소혼의 내상을 빠른 속도로 치유해 갔다.

그뿐만이 아니라, 그동안 잘못된 방향으로 흘러가던 화륜심결의 움직임을 바로잡아 주기까지 했다. 자신도 모르고 있던 기의 흐름이 바로잡히고, 그동안 별달리 활동하지 못했던 이십 개의 륜도 제자리를 잡았다.

미완성이었던 화륜심결을 단숨에 완성형에 가깝게 만들어 준 것이다.

절혼령 육성(六成)의 벽.

그것이 조금씩 모습을 드러내기 시작했다.

이루 말로 표현할 수 없는 기사(奇事)에 소혼은 정신을 차릴 수가 없었다.

사실 청정단은 내상 치유는 물론, 벌모세수에 가까운 효능을 낳기 때문에 신약으로써의 명성을 가지고 있다.

하지만 소혼은 절혼령을 익히면서 그동안 몸에 쌓였던 노폐물과 탁기를 배출시킨 것은 물론, 누구나 바라 마지않는 임독양맥까지 타통했다.

그런 그에게 청정단은 그저 단순히 내상 치유약밖에는 되지 않았다.

하지만 그런 효능만을 가지고 있으면 어찌 청정단이 신약이라고까지 거론될 수 있을까.

청정단의 기본 바탕은 입마를 제거하는 데에 있다.

즉, 입마의 소지가 있는 것들을 원천부터 봉쇄해 버린다는 특징을 지녔다는 뜻이다.

입마를 가져오는 것에는 탁기와 독기는 물론, 내상도 포함되기 때문에 청정단은 이들을 모두 치유한다. 또한 잘못된 기의 흐름을 바로잡아 주어 기맥의 흐름을 원활하게 한다.

화륜심결을 완성하지 못해 늘 그것이 걱정이었던 소혼에게는 일대 기연이라 할 수 있는 것이다.

'이(離)는 화(火)이며 양(陽)의 흐름이라……'

소혼은 화륜심결의 구결을 읊으면서 잘못된 바를 바로잡아 나갔다.

그에 따라 화기가 기맥을 따라 원활하게 흐르자, 그동안 별달리 빛을 보지 못했던 화륜들이 제 임무를 찾아냈다.

쏴아아아.

맹렬하게 움직이는 화륜의 움직임에 따라 비혈구에 축적되는 기의 양도 금세 배로 불어났다.

절혼령 칠성(七成)의 입(入).

그 단초는 화륜심결의 완성에 있었다.

짧지만 강한 깨달음이었다.

소혼은 자신이 흐뭇한 미소를 짓고 있다는 사실을 깨닫지 못한 채 조용히 수면의 세계로 빠졌다.

第四章
비천행

神刀無雙
신도무쌍

며칠 후.

소혼은 벌떡 자리에서 일어나 땅을 짚고서 헛구역질을 해 대기 시작했다.

"우웨에엑!"

절혼령을 처음 익혔을 때와 똑같은 모습이었다. 그때와 똑같은 점이라면 몸 안의 노폐물과 탁기를 배출해 냈다는 것이고, 다른 점이라면 드디어 절혼령의 진정한 모습이라 할 수 있는 칠성에 발을 디디게 되었다는 점이다.

하지만 엄청난 양의 울혈에 소혼은 계속된 헛구역질을 느꼈다.

며칠 동안 끼니도 제대로 때우지 못하고 잠도 자지 못해 피로가 많이 누적된 탓이었다.

"여기가… 어디지……?"

소혼은 한참이나 헛구역질을 해댄 후에야 자신이 있는 곳이 산이 아니라는 것을 깨달았다.

폭신한 감촉. 손과 다리에 따스한 이불이 느껴진다. 거기다 자신이 앉아 있는 곳은 산에서 찾아보기 힘든 침상이었다.

"객잔… 인가?"

분명 이곳은 어느 마을의 객잔이 분명했다.

바깥에는 사람들의 소리가 들리고, 창가에는 어느덧 햇볕이 드리우고 있었으니까.

"대체……."

소혼은 왜 자신이 이곳에 있는지, 그리고 입고 있는 옷은 왜 다른 것인지 알지 못해 머리를 짚었다. 그 순간, 분천도가 보이지 않는다는 사실에 침상에서 벌떡 일어나고 말았다.

"……!"

하지만 머리가 찢어질 것 같은 아픔에 다시 자리에서 털썩 주저앉고 말았다.

"괜찮으세요?"

소혼은 어지러운 정신을 부여잡고서 소리가 들린 방향으로 고개를 돌렸다. 심안이 향한 곳에는 한 여인이 자신을 보고 있었다.

"이곳이… 어디요? 분천도는 어디에 있으며 당신은 또 누구요?"

여인은 입을 삐죽 내밀면서 답했다. 쟁반 위를 굴러가는 옥구슬 같이 맑은 음색이 흘러나왔다.

"며칠씩이나 간호를 해주었는데 일어나자마자 묻는 게 정체 타령이라니, 너무하는 거 아네요?"

"죄, 죄송하오. 경황이 없어서."

"시간은 많으니까 천천히 물어봐요."

"알았소. 첫째, 이곳은 어디요?"

"돈황(敦煌)이에요."

소혼은 화들짝 놀랐다.

"십만대산이 아니란 말이오?"

돈황은 감숙성에 위치한 도시다. 중원에서 서역으로 넘어가는 길목인 옥문관으로 통하는 대로에 놓여 있어 탐리목분지의 북과 남으로 향하는 북로와 남로의 거점이기도 했다.

자고 일어나니 마교의 영역을 벗어나 있다? 하루 이틀로는 절대 불가능한 시간이다.

"내가 쓰러지고 나서 며칠이 지났소?"

"자기가 기절한 건 아는가 보네요. 공자는 정확하게 열흘하고도 닷새를 잤어요."

"보름씩이나?"

"우리 일행도 오랜 여행으로 인해 많이 피곤했는데, 열닷새나 업고 오느라고 많이 고생했다고요."

소혼은 여인에게 포권을 취했다.

"생면부지인 이 소 모에게 도움을 주셔서 감사하오. 이 은혜는 절대 잊지 않겠소이다."

소혼은 고개를 숙인 탓에 여인의 입가에 씁쓸함이 감도는 것을 보지 못했다. 하지만 씁쓸함은 곧 사라지고 그 자리에는 미소만이 맺혔다. 여인은 고개를 절레절레 흔들면서 말했다.

"사해가 동도라고 하잖아요. 저희들도 그냥 두고 볼 수만은 없어서 그랬던 것이니 크게 신경 쓰지 말아요."

"그래도 감사한 것은 감사한 것이오. 한데……."

"왜 그러죠?"

"혹여나 내게 도가 있지 않았소?"

심안으로 제아무리 찾아보아도 이 방 안에는 분천도가 보이지 않았다.

"그 흰색 도갑의 도라면 일행이 맡고 있어요. 너무 귀중한 듯해서 혹여 있을지도 모를 사태를 대비해 귀중하게 모셔놨어요."

자신의 애병이 다른 사람의 손에 있다는 사실이 마음에 들지 않았지만 겉으로 내색할 수는 없었다. 어쨌든 이들은 자신에게 선의를 보여준 것이다.

"며칠 동안 잠만 잤으니 아무것도 먹지 못했잖아요. 어서 나와요. 배부터 채워야 할 테니."

그러고 보니 아까 전부터 배가 허전했다.

소혼은 휘청거리는 정신을 가까스로 다시 부여잡으며 침대에서 일어났다. 그렇게 방문을 열고 나가려는 순간, 여인이 뒤돌아서서 말했다.

"아참, 그리고 밥 먹고 나면 방 청소하는 것 잊지 마세요. 방을 너무 더럽게 쓰면 객잔 주인에게 너무 미안하잖아요. 그러니까 그 정도는 할 수 있죠?"

여인은 제 말만 하고서 후다닥 계단을 따라 내려갔다.

소혼은 멍하게 서서 심안으로 주위를 훑어보았다.

땅바닥에 자신이 한가득 토해낸 울혈이 사방에 뿌려져 기괴함을 연출하고 있었다.

"…너무 많이 토했군."

소혼은 자신이 한 짓에 놀라서는 자신도 모르게 혀를 차며 고개를 절레절레 흔들었다.

소혼이 있는 방은 이층이었다. 식당은 일층에 있는 까닭에 계단을 타고 내려가야 했는데 그때마다 현기증이 일어서 도저히 균형을 제대로 잡을 수가 없었다.

'힘들군……'

일전에 정마대전에서 한창 칼을 휘두를 시절에 정파의 연합 공격을 받아 이와 비슷한 경험을 한 적이 있었다.

그때도 어지러움에 정신을 차리지 못했는데, 지금도 딱 그 모습이라 전날보다 더 강해진 것이 분명함에도 딱히 강해졌다는 생각이 들지 않았다.

'그래도 며칠 동안 근심 걱정이었던 내상은 다 치유가 되었어.'

족히 몇 달은 요양을 해야만 나을 수 있다고 생각했건만. 아까 그 여인과 일행이 대체 무슨 신통을 보였기에 보름 만에 그 중한 내상이 다 나을 수 있었을까.

거기다가 배고픔에 육체가 힘들어할 뿐, 그것을 제외한다면 몸의 상태는 최정상이라 할 수 있었다.

특히나 화륜심결이 거의 완성형에 가까워졌다는 게 신기했는데, 처음 심결을 만들었을 때에는 삼십 개의 륜이 제대로 된 활동을 하지 못했지만 지금은 백팔십 개의 화륜이 모두 제 활동을 묵묵히 수행하고 있었다.

그리고 겉으로 절로 흘러나와 사위를 압도하던 기도 역시 안으로 잘 갈무리되어 겉으로는 전혀 무공을 익히지 않은 것처럼 보였다.

절혼령의 미숙으로 많은 어려움을 겪던 소혼에게는 정말이지, 기연이라 할 수 있는 인연이었다.

'이리도 큰 은(恩)을 받았는데 나는 그것을 어찌 보답한단 말인가?'

정마를 막론하고 공통적으로 무인은 은혜를 입었을 경우

엔 그것을 꼭 보답하려는 성향이 있다.

소혼 역시 그러했다. 게다가 그가 입은 은혜는 보통의 것이 아니었다. 한 단계 높은 성취. 강해지고자 하는 열망이 대단한 소혼에게 이보다 더 값진 것은 없었다.

이런저런 생각을 하며 일층으로 내려왔다. 식사 시간이었는지 식당은 제법 많은 사람들로 북적이고 있었다.

"여기예요."

그를 간병해 주었던 여인의 목소리였다.

소혼은 목소리가 들린 쪽으로 발걸음을 옮겼다. 일순, 시끌벅적하던 객잔 안이 살짝 침묵에 잠겼다.

"......?"

소혼이 이유를 몰라 고개를 갸웃거리자 여인이 피식 웃음을 터뜨렸다.

"앞이 안 보이시는 데에도 불편함없이 잘 걸어다니시네요?"

그제야 소혼은 객잔이 조용해진 이유를 알 것 같았다.

자신이야 이제 눈을 감고 다니는 것이 아무렇지 않다고 하지만, 다른 사람들에게는 그렇지 않았던 것이다.

건으로 두 눈을 가린 맹인이 아무렇지 않게 길을 걷는다. 분명 보통 사람이 보기엔 신기할 수밖에 없었다.

하지만 곧 소혼이 여인에게 다가가자 사람들은 언제 그랬냐는 듯이 관심을 끄고 자기들 이야기에 빠져들어 갔다. 소혼이 무림인들로 보이는 이들에게 다가가니 그 역시 무림인으로 판단 내린 것이다.

무림에서야 일반 민초들이 보기에 환상 같은 이야기가 늘 펼쳐지니 맹인이 아무렇지 않게 길을 걷는 것 정도야 그럴 수 있다고 생각한 것이다.

"어릴 때의 사고로 빛을 보지 못하지만 이제는 익숙해져서 걷는 데는 아무런 지장이 없다오."

마교에서의 일 따위를 밝힐 생각이 없었기에 소혼은 중원에서 전혀 다른 사람으로 행세할 생각이었다.

여인은 소혼을 자신의 자리로 데려갔다.

그곳엔 모두 여덟 명의 사람이 앉아 있었다.

'일곱 무사와 한 명의 노파라…… . 특히나 저 노파는 신주삼십이객과 비교해도 뒤지지 않는군. 그런데… 저 노파… 어디서 본 듯이 익숙한 기파를 흘리고 있다.'

여인은 그들을 소개했다.

"저를 지켜주고 있는 호린대, 그리고 이분은 설파라고 해요."

"반갑소."

"반갑습니다."

"앞으로 잘 지내봅시다."

딱딱하게나마 인사를 건네는 호린대와 달리 설파라 불린 노파는 소혼을 지그시 바라보고만 있었다. 아니, 노려보고 있다고 하는 게 옳았다.

'나도 모르는 사이에 미운털이 단단히 박힌 것 같군.'

노파뿐만 아니라 다른 무인들 역시 자신을 그다지 반가워하지 않는다는 게 태도로 느껴졌다.

여인이 그런 설파와 호린대에게 눈치를 주었지만, 설파는 요지부동이었다. 호린대 역시 소주의 눈을 마주치지 못하고 시선을 다른 곳으로 돌릴 뿐, 마음을 연 것은 아니었다.

여인은 검지로 볼을 살짝 긁었다.

"미안해요. 이들이 사실 낯을 많이 가려서요."

"아니오. 이런 이방인을 구해준 것에 대해 감사할 따름이오."

"이해해 주셔서 감사해요. 아, 그러고 보니 제 소개를 아직 하지 않았군요? 저는 남궁린이라고 해요."

"남궁… 린?"

소혼은 둔탁한 무언가로 뒤통수를 강하게 내리 찍힌 듯한 착각에 빠졌다.

"오빠, 이건 무슨 꽃이에요?"

남궁린. 그 이름을 어찌 모를 수 있을까. 중원에서 명성이 자자한 천상화의 이름이건만.

삼 년 전, 그러니까 소혼이 스물네 살 때에 남궁린은 스무 살이었다. 이제 갓 약관이 되었음에도 그녀의 미모는 하늘의 꽃이다 하여 명성이 자자했었다.

비록 가까이서는 보지 못했지만 멀리서 그녀를 볼 기회가 있었다. 그때 그는 자신의 정혼자인 유수연과 닮은 듯하면서도 전혀 상반된 느낌의 외모에 놀랐었다.

유수연이 한 떨기 초롱꽃같이 보호 본능을 불러일으킨다면, 남궁린은 지적이고 차분한 느낌이 나는 외모였다.

'게다가 나는 어릴 적에 남궁린과 만난 적이 있지.'

남궁린은 기억이 날지 모르겠지만 아주 어릴 적에 남궁세가가 소가장을 방문한 적이 있었다.

시절이 어수선하여 남궁세가가 주변 문파들이 정파연합에서 탈퇴하지 않도록 돌아다닐 때였는데, 당시 절강에서 제법 유명했던 소가장에 잠시 들렀던 것이다.

그때에 네 살 남궁린과 여덟 살 소가육아는 오빠, 언니, 동생 등 애칭을 부르면서 친하게 지냈었다.

"부웁! 그럴 때는 화도 좀 내라고요! 자꾸 바보처럼 당해도 헤헤 웃기만 하니까 다른 사람들이 자꾸 괴롭히는 거잖아요!"

귀엽게 볼을 부풀리고서 칭얼거리던 때가 엊그제만 같은데, 벌써 세월은 이십 년이나 흘러 버렸다.

'옛날의 인연이 이렇게 겹치는군.'

그런데 한편으로는 의아함도 들었다.

'남직예에 있어야 할 이 아이가 어째서 십만대산에 있었던 거지?'

궁금증이 일 때에 남궁린이 물었다.

"왜 그렇게 놀라세요?"

소혼은 손사래를 쳤다.

"아니오. 놀라서 그랬소. 남궁세가의 따님이 이런 곳에 있다니, 무슨 연유라도 있나 보오?"

"그런가요? 일이 있어서라고 해두죠."

'일이라······.'

"그런데 공자는 자기소개를 하지 않으세요?"

소혼은 쓴웃음을 지으며 그제야 자신의 이름을 밝혔다.

"절강성 소가장 태생의 소혼이라 하오."

그때, 설파의 눈에 이채가 어렸다.

"소가장?"

남궁린이 작게 중얼거리자 옆에 있던 호린대 대주 남선이 그녀의 귓가에 작게 중얼거렸다.

"이십 년 전까지만 해도 절강성에서 어느 정도 이름이 있던 가문입니다. 특히 그곳 장주와 가주께서는 어릴 때부터 친분이 깊으셨습니다. 한데, 갑자기 하루아침에 멸문지화를 당해 버려서 대부분의 가솔이 죽고 남아 있던 아이들은 모두 뿔뿔이 흩어졌었습니다."

소혼은 저도 모르게 쓴웃음을 짓고 말았다.

제 딴에는 조용하게 속삭인다고 말한 것이 분명했지만, 오감이 극의에 달한 소혼이 못 들을 리 없었다.

가문의 이름이 언급된 것이 썩 기분 좋지만은 않았지만, 그래도 겉으로 내색하지는 않았다.

'그래도 조금 씁쓸하군. 비록 어렸을 때라지만 남궁세가 아가씨와는 제법 친하게 지냈고, 또한 평생 잊지 못할 추억도 쌓았다고 생각했는데. 역시 너무 어렸을 때라 기억하지 못하는 건가.'

남궁린이 살짝 고개를 갸웃거렸다.

"절강성에서 태어났다고 하셨는데, 어째서 이런 곳에……."

소혼은 '남궁세가의 아가씨께서도 왜 나처럼 남직예가 아니라 이런 누추한 변방에 와 계시는 것이오?' 라고 묻고 싶었지만 괜히 긁어 부스럼을 만들 필요가 없는 터라 적당히 생각해 둔 바를 꺼냈다.

"아시다시피 소가장은 정체를 알 수 없는 이들에 의해 멸문을 당했소. 그래서 나는 가문의 복수를 하기 위해 무공을 완성하고자 강호를 여행하는 중이었소."

남궁린은 고개를 끄덕였다.

멸문한 가문. 그 원수를 갚기 위해 더 강한 무공을 찾아 강호를 헤매는 무인들의 이야기는 의외로 많다.

그 와중에는 진짜 인연이 닿아 절정고수로 거듭나서 복수에 성공하는 이들도 있지만, 대부분은 무공을 훔치려 한다는 오명을 뒤집어쓰고 맞아 죽거나 말도 통하지 않는 타지에서 쓸쓸하게 혼자 죽어가는 것이 대부분이었다.

"일단 이럴 게 아니라 앉아서 식사라도 해요. 배 많이 고프죠?"

소혼과 남궁린은 자리에 앉아 점소이에게 이것저것 음식을 주문했다.

오랫동안 여행을 해보았는지 남궁린의 주문은 능수능란했다.

내상을 입고 겨우 자리에서 일어난 환자들에게 주는 음식이 대부분이었다. 기름기가 없는 채소들로 이루어진 식단.

'토끼가 된 기분이로군. 마음 같아서는 소 한 마리도 통째로 넣을 수 있을 것 같은데.'

하지만 주는 사람의 성의를 생각해서라도 그런 생각은 접어야만 했다.

곧 주문했던 식사가 나오고, 소혼은—기억에는 없지만—열닷새 만에 음식을 먹을 수 있었다.

"그럼 소 공자께서는 어렸을 때부터 쭉 강호를 여행하신 건가요?"

이야기의 주제는 대부분 소혼과 관련되었다.

"정체를 알 수 없는 홍수에 의해 가문이 멸망했을 때 나는 열 살도 채 되지 않았소. 부모님과 친척들이 나와 사촌들을 지키려다가 돌아가시고, 엎친 데 덮친 격으로 일이 꼬여 버려 사촌들과도 뿔뿔이 흩어지고 말았소. 그때부터 정처없는 생활을 했소."

마교 전 소교주가 그동안 아무에게도 말하지 않았던 비사다.

이제는 사도수라는 이름을 벗어던지고 소가장의 후손이라는 이름을 되찾았기에 말할 수 있는 사건이기도 했다.

"하면 그때부터 쭉……?"

"정마대전이 삼십 년 넘게 진행되면서 고아가 되지 않은 이가 몇이나 되겠소."

"……."

정마대전은 수도 없이 많은 원한과 혼란을 낳았다.

개중에는 무인을 부모로 둔 아이들이 제일 힘들었다. 하룻밤 사이에도 수백 명의 아이가 부모를 잃고서 길거리에 나앉았다.

어느 문파에 들어가 제자로 받아들여지면 다행이지만, 근골이 부실할 경우에는 유리걸식을 일삼다가 죽는 것이 대부분이었다.

특히나 개방은 아이들에게 제몫을 빼앗길까 봐 뒤에서 아이들을 때리거나 심지어 죽이는 일도 빈번했다.

소혼이 마교 소교주가 되어서 가장 먼저 개방의 총단과 주요 지부를 초토화시켜 버린 것도 그런 이유에서였다. 어렸을 때부터 개방도들에게 쌓인 한이 너무나 많았던 것이다.

이 때문에 개방은 현재 구심점을 잃고 갈가리 찢어져 다섯 개의 파(派)로 나뉘고 말았다.

"그때 이후로 강호 전역 안 가본 곳이 없다오. 그리고 보통 사람이라면 상상하기도 힘든 경험도 숱하게 쌓았소. 호광성에서 각설이타령을 하다가 유생들에게 시끄럽다는 이유 하나만으로 동정호의 물귀신이 될 뻔한 적도 있고, 친지들을 찾아 주겠다며 접근해 일 년 동안 먹을 것 안 먹고 겨우 모아두었던 은자 한 냥을 훔쳐 간 파렴치한도 있었다오. 세상은… 그렇게 너무나 무섭다오."

어째서 어릴 적 이야기를 꺼냈는지는 모른다.

다만, 남궁린은 기억하지 못해도 그의 기억 속에서 남궁린은 아주 귀여운 여동생이었고, 또한 자신을 구해준 은인이기에 이렇게 쉽게 속내를 털어놓을 수 있는 건지도 몰랐다.

숙연해진 분위기에 소혼은 쓴웃음을 지었다.

"내가 괜히 분위기를 무겁게 했나 보구려."

"아, 아니에요. 저희들이야말로 아픈 곳을 찔러서 죄송하게 되었어요."

남궁린은 고개를 절레절레 흔들었다.

"그나저나 남궁세가에서 어쩐 일로 십만대산에까지 오게 되었소?"

일순, 남궁린의 시선이 설파에게로 향했다. 설파는 남궁린을 보며 고개를 저었다. 소혼이 앞을 보지 못한다는 생각에서였다.

'아예 대놓고 고개를 절레절레 젓는군.'

하여간 눈이 보이지 않는다고 하면 정말 재밌는 일이 많다.

"그건 가문의 일이라 저희가 말씀드리지 못해요. 죄송해요."

"아니오. 사람마다 자기 비밀이 있는 것이고 개중에는 남에게 밝히지 못하는 것도 있을 터인데, 분위기를 돌려보고자 꺼냈던 말이니 신경 쓰지 마시오."

소혼은 다른 질문을 던졌다.

"한데 혹시 소인이 들고 있던 백색 도를 보지 못했소?"

"그것이라면 여기에 있다."

설파는 옆에 두었던 분천도를 소혼에게 건넸다.

"보관해 주어서 고맙소."

분천도는 양부 시고와의 인연이 담긴 소중한 도였기에 이제 소혼에게 없어서는 안 될 존재였다.

분천도는 보름 만에 주인을 만나게 된 것이 반가웠는지 소혼의 손길을 느끼자마자 작게 울음을 터뜨렸다.

우우우웅.

남궁린과 일행은 이를 신기한 눈길로 보았다.

영성(靈性)을 가진 보검(寶劍)이 주인을 알아보고 울음을 터뜨린다는 말을 들은 적이 있지만, 그것을 실제 두 눈으로 확인하자 신기하기만 했다.

보검과 보도를 탐내는 것은 무인들의 본능.

호린대의 눈길 위에 탐욕 어린 시선이 스쳐 지나가다가 사라졌다.

비록 분천도가 탐나긴 했지만 그들은 도가 아닌 검을 익힌 데다가 타인의 병기까지 탐낼 정도로 어리석지 않았다.

"하면 나는 피곤해서 조금만 더 휴식을 취하겠소."

"네, 올라가서 쉬세요."

"그럼."

소혼은 그들에게 포권을 취하고서 계단을 따라 방 안으로 들어갔다.

그가 들어간 것을 확인한 후, 남궁린은 입가에 미소를 달았다.

'소혼이라……'

소혼이 방으로 사라진 후, 그동안 침묵으로 일관했던 호린대원들이 드디어 입을 열기 시작했다.

"소주, 정말 저자를 믿을 수 있겠습니까?"

"그렇습니다! 놈은 터무니없을 정도로 약한데다가 앞까지 볼 수 없는 병신이지 않습니까!"

남궁린이 소혼에게 그들을 소개할 때 대원들이 탐탁지 않게 여겼던 이유.

그것은 바로 소혼이 그들의 기대에 미치지 못한 까닭이었다.

남궁린은 세가에도 단 세 개밖에 남지 않은 청정단을 주면서까지 소혼을 살렸다.

수라마검을 꺾은 실력자를 포섭할지도 모른다는 생각에서 한 행동이라 말했지만, 그들의 눈에는 남궁린의 성정이 너무 선해 사람이 죽어가는 것을 도저히 보고 있을 수만은 없어 결단한 행동으로 보였다.

그래도 그들이 끝까지 반대를 하지 않은 것은 '어쩌면 진짜로……' 라는 측면이 강했다.

그때 그들이 보았던 수마검이 정말 수라마검의 애검이라면?

그리고 피를 흘리며 나타난 소혼이 수라마검을 꺾은 자라면?

특히 처음 설파가 소혼의 맥을 짚었을 때에 말했던 '어쩌면 나보다 더 강한 자일지도 모른다' 라는 대목에서 그들은 희망을 걸었다.

그래서 신강 입구와 옥문관을 넘어 이곳 돈황까지 오기까지 열닷새라는 긴 시간 동안 그 수많은 수고로움을 자처하지 않았던가.

한데, 오늘 계단을 따라 내려오는 소혼을 보았을 때에 그들의 기대감은 무참히 깨지고 말았다.

'너무 약하잖아!'

대원들의 머릿속에서 동시에 터진 생각이었다.

기도만으로 상대의 전력을 읽어내는 것은 하수나 하는 짓이라지만, 정작 고수가 되고 나면 상대방의 기파를 읽고 어느 정도의 경지인지 대충 파악할 수 있다.

그런데 소혼의 기파는 너무나 약했다.

혹여나 자신들이 잘못 읽은 것인가 몇 번이고 기감을 집중시켰지만 소혼에게서는 아무런 기파도 읽을 수 없었다.

많이 잡아봐야 일류무사의 기파 정도일까.

일류고수라면 어딜 가더라도 환대는 아니더라도 최소한 냉대는 받지 않는다.

하지만 그자가 청정단쯤 되는 신약을 먹고 나서도 그러하다면 그것은 너무나 심각한 일이었다.

"아무래도 제가 처음 맥을 잘못 짚은 것 같습니다."

놀란 것은 설파도 마찬가지였다.

처음 맥을 짚었을 때에는 분명 용암처럼 부글부글 끓던 내력을 읽었다. 하지만 지금은 일류고수 정도밖에는 되지 않으니.

"혹시 반박귀진(反縛歸眞)의 경지에 든 것은 아닐까요?"

한 대원이 조심스레 의견을 내놓자, 대주인 남선이 고개를 저었다.

"아니. 청정단에는 내공을 증진시키는 데 전혀 도움이 되지 못한다. 반박귀진의 경지라면 최소 초절정 이상에 내공은 절대위에 해당해야 하는데… 소혼이라는 자가 갑자기 내공이 급격히 늘어났을 리는 없으니 설파께서 처음부터 잘못 읽었다고 하는 것이 옳다."

"후우… 죽 쒀서 개 주어버린 꼴이로군요."

막내의 한숨에 호린대의 분위기는 더욱 숙연해졌다.

그러다 문득 무언가를 떠올렸는지 막내가 살짝 분이 담긴 목소리로 입을 열었다.

"그러고 보니 십만대산에서부터 지금까지 저 녀석의 병간호는 모두 소주가 하지 않았습니까?"

사실 어쩌면 화가 더 큰 것은 이 이유에서인지도 모른다.

남궁린은 소혼에게 청정단을 준 이후로 그의 병간호를 모두 도맡아 했다.

본래부터 아픈 사람을 못 보고 지나치는 성격이라곤 하지만 이번에는 정도가 심했다. 청정단 때문인가 싶기도 했지만, 그것과는 또 달라 보였다.

마치 정(情)이 담은 손길…….

설파가 그 이유를 몰라 왜 자꾸 소혼의 병간호를 맡냐고 묻자, 그녀는 이렇게 답했다.

"그저 친오빠처럼 느껴져서요."

지금처럼.

남궁린은 남매나 자매가 없음에도 은연중에 소혼에게서

형제의 우애를 느끼고 있었던 것이다.

장난스럽게 웃는 남궁린을 보며 막내는 더욱 핏대를 세웠다.

"그것이 더 이상한 일입니다! 난생처음 만나는 사람에게 청정단을 준 것만으로도 대단한 일인데, 그 사람에게서 친숙함을 느끼다니요!"

막내는 마치 자신의 일인 양 화를 씩씩 냈다. 대주 남선은 막내를 보며 혀를 찼다. 저놈이 은연중에 소주를 마음에 두고 있는 것은 알고 있었지만 지금은 정도가 좀 심했다.

"막내야, 그만하여라. 이미 지나간 일이다."

"하지만……."

"어허!"

"알겠습니다……."

막내는 목 언저리까지 올라온 화를 삼켰다.

남선은 굳어진 얼굴을 풀며 말했다.

"내가 어찌 너의 마음을 모르겠느냐? 하지만 이미 일은 지나간 것이고, 우리는 이제 앞으로의 일을 강구해야 한다."

이제 마지막까지 생각했던 패가 사라졌다.

설파가 입을 열었다.

"어차피 우리는 우리의 힘만으로 지난 일 년 동안 사선을 넘나들었다. 지금에 와서 약간 힘들어졌다고 다른 사람에게 등을 기대는 것은 옳지 않다고 생각한다."

남선이 고개를 끄덕였다. 설파의 말이 옳았다.

실망할 이유는 없다. 청정단이 이름 모를 사내에게 사라진 것은 사실이나 그들은 대남궁세가의 무사. 의천검세를 세상에 널리 퍼뜨릴 의무가 있는 자랑스러운 남궁의 무인이었다.

"일단 차후 어떻게 움직일 것인지부터 생각하기로 해요."

남궁린의 말과 함께 그들은 남직예까지의 이동 경로에 대한 계획을 짜기 시작했다.

＊　　　＊　　　＊

"그런 것이었군."

침상에 앉아 소혼은 쓴웃음을 지었다

바닥에 어질어진 울혈을 모두 처리하고 머리를 식히려는 찰나, 혹여나 하는 궁금증에 청력을 끌어올려 남궁가 무사들의 대화를 들었다.

아니나 다를까, 그들이 자신을 탐탁지 않게 여긴 데에는 그만한 이유가 있었다.

"청정단이라……."

소혼은 '청정단' 이라는 단어를 대뇌었다.

만독약총람(萬毒藥總攬)이라는 책이 있다. 세상에 널리 알려져 있지 않은 온갖 기화이초(奇花異草)에 대해서 다루는데, 마지막 장 환단편에는 각 문파가 자랑하는 환단의 종류와 그

효능에 대해 기술되어 있다.

남궁세가의 청정단에 대해서는 이렇게 기술해 놓고 있었다.

내공 증진에는 효능이 없으나 잡기를 몰아내고 탁기를 배출시켜 입마의 위험을 없애……

소혼은 그제야 어떻게 자신의 내상이 다 낫고 절혼령의 성취를 이루었는지를 깨달을 수 있었다.

"그런 귀중한 것을 나에게 주었단 말이지?"

분명 좋은 약을 먹였을 거라는 생각은 했지만, 남궁세가에서도 아끼고 또 아낀다는 환단을 내놓았을 줄이야.

비록 그 이유가 대가를 바라는 선행이긴 해도 은혜는 은혜였다.

"이제야 나도 마음 편하게 도와줄 수 있겠군."

사실 정파인들 중에는 위선자들이 태반이지만 개중에는 정말 답답할 정도로 착하고 고지식한 이들도 많아서 은혜를 주어도 그것을 되받지 않으려는 사람들이 수두룩하다.

마인들의 입장에서는 당연히 내가 이것을 주면 남이 저것을 주는 게 당연하기에 걱정할 필요가 없지만, 만약 남궁린이 아무런 대가를 바라지 않는다면 소혼으로서는 많이 난감한 것이다.

그런데 그게 아니라고 하니 마음이 홀가분하면서도 내심 섭섭했다.

역시나 세월이 흐르면서 남궁린도 많이 변했다는 생각이 든 탓이다. 비록 그녀는 그 어릴 때를 기억하고 있지 못하지만.

한편, 십만대산에서부터 이곳 돈황까지 오기까지 자신의 병수발을 남궁린이 해주었다는 대목에서는 저도 모르게 흐뭇한 미소를 지었다.

"그래도 은연중에 어렸을 때의 기억이 남아 있나 보구나."

소혼은 자신도 남자긴 남자구나 하는 생각에 쓴웃음을 지었다.

"일단 그것은 그것이고… 나는 내 일부터 해야겠지."

소혼은 전포 안쪽에 실로 꿰맨 부분을 손으로 뜯어 그곳에서 종이 몇 장을 꺼냈다.

교를 나오면서 혁리빈현에게 받았던 진성과 그 일당에 대한 기록이었다.

남궁린 일행은 다행히 자신의 몸을 씻기면서 옷은 뒤적이지는 않았는지 서찰을 본 흔적은 어디에도 없었다.

'만약 이 서찰을 저들이 보았다면… 나는 남궁린과 일행을 내 손으로 죽일 수밖에 없었을 테지.'

그만큼 그에게는 복수가 절실했다.

소혼은 가만히 서찰을 쭉 훑어보았다.

서찰은 진성과 채홍련, 유현이 중원에서 어디로 이동했는 지 상세하게 기록하고 있을 뿐만 아니라, 신마맹을 통해 교를 암중에 장악하려 했던 배후 세력에 대한 조사 건도 어느 정도 기술하고 있었다.

　신마맹의 배후에 대한 것은 소혼이 무간뇌옥에 떨어지기 직전에 어느 정도 알아보았기에 이미 알고 있는 사실이 대부분이었지만, 개중에는 전혀 몰랐던 뜻밖의 사실도 종종 있었다.

　놈들은 스스로를 회(會)라고 부르며…….

　이 사실에 대해서는 소혼도 잘 알고 있었다. 하지만 회(會) 의 정식 이름은 무엇인지, 본거지가 어디에 있는지, 어떻게 활동하고 있는지 등 자세한 사항까지는 알지 못했다.

　혁리빈현도 거기까지는 알아내지 못한 듯했다.

　하지만 소혼은 곧 재밌는 부분을 발견할 수 있었다.

　진성이 기련산(祁連山)에 들어간 이후로 종적이 끊겼다…….

회는 철저한 점조직으로 활동하는 것으로 추정. 그 점조직 중 하나가 기련산에 있는 것으로 판단…….

　"기련산?"

　기련산은 감숙성을 대표하는 산으로, 일명 남산(南山)이라고도 불린다.

장액현(張掖縣) 서남방에서 시작하여 청해성 성계(省界)까지 뻗쳐 산맥의 길이는 수천 리나 되며 서쪽으로는 아미금산맥과 연결되는 태산이었다.

"그 넓은 산을 다 뒤져야 하는 건가? 미칠 노릇이로군."

하지만 말과는 달리 소혼의 입은 웃고 있었다.

회가 대충 어디에 있는지 아는 것만으로도 그에게는 큰 성과라 할 수 있는 탓이다.

게다가 철저하게 점조직으로 이루어져 있다고 하더라도 결국 점과 점을 연결하는 연락망이 있을 터이다.

'진성, 목을 씻고 기다려라. 내가 곧 찾아갈 테니.'

분천도를 쥐고 있는 손길에 힘이 실렸다.

소혼은 계단을 따라 내려왔다.

밑에는 남궁린과 일행이 식사를 끝마치고 있었다.

소혼을 가장 먼저 발견한 것은 남궁린이었다.

"공자, 어디 가세요?"

"이 근방에 볼일이 있어서 잠시 나갔다 오겠소."

"제까짓 것이 일이 있어봤자지……."

호린대 막내의 혼잣말이었다. 막내는 그제야 자신의 실수를 깨닫고서 손으로 제 입을 가렸지만, 이미 다른 사람들이 모두 다 들은 뒤였다.

소혼은 미소만을 지어 보일 따름이었다.

"오래 걸리지 않소. 저녁까지는 돌아올 것이오."

"우리도 우리의 일정이란 것이 있는데… 하면 언제 올지 모르는 행장을 우리가 기다려야 한단 말이오?"

말을 건 것은 남선이었다.

"저녁까지 돌아온다 하였소."

"그 말을 어떻게 믿소?"

"믿지 못한다면… 이대로 갈라질 뿐이오."

"하면 행장은 길이 엇갈린다면 행장이 입은 은혜를 싹 입 닦겠다는 뜻이오?"

소혼은 피식 웃음을 터뜨렸다. 이상한 것으로 꼬투리를 잡는 남선도 이상하지만, 그런 꼬투리를 무시하지 못하고 자꾸 반박하는 자신도 웃겼다.

"이 소 모가 입은 은혜는 절대 잊지 않을 것이오. 하지만 본인에게도 해야 할 일이 있소. 그것까지 일일이 허락을 받으면서 다니고 싶지는 않소만?"

"이……!"

남선이 살짝 살의를 드러냈지만, 소혼은 무덤덤하게 그 모습을 무시하고서 스쳐 지나갔다.

남궁린이 웃으며 말했다.

"올 때까지 기다리겠어요. 하지만 이제는 더 이상 치료해 줄 약이 없으니까 몸 성히 다녀오세요."

소혼은 객잔 문을 열기 전에 자그마하게 한마디를 남기고 나갔다.

"다녀오겠소."

'그런데 소 공자는 왜 처음 만났을 때부터 친숙하게 느껴지는 걸까?'

남궁린은 저도 모르게 드는 의아함에 고개를 갸웃거리다 이내 궁금증을 가슴속에 묻었다.

'여하튼 잘 다녀오세요.'

소혼이 사라질 때까지 남궁린은 마음속에서 두 손을 흔들었다.

*   *   *

휙!

소혼은 객잔을 빠져나오자마자 발을 강하게 굴렸다.

곧 그의 신형은 선이 되어 먼 거리를 단숨에 주파하기 시작했다.

'이곳 돈황에서부터 기련산까지의 거리는 어마어마하다. 하루 만에 다녀오겠다고 말했지만… 과연 가능할까?'

족히 수십 리 길을 반나절 만에 주파하고 놈들을 처리한 뒤 다시 반나절 만에 돈황으로 돌아온다?

드넓은 기련산에서 놈들을 찾아내는 것만으로도 족히 며

칠을 잡아야 할지 모르는데 하루 사이에 처리하겠다고 했으니.

'정말 뭘 믿고 그런 말을 내뱉었는지 원.'

하지만 그런 생각과는 다르게 소혼은 기련산에서 놈들을 찾아낼 방도를 모색하고 있었다.

그렇게 철저하게 본모습을 감춘 조직이라면 절대 평범하게 있지 않을 것이다.

어쩌면 모래사장에서 바늘을 찾는 것보다 더 힘들지도 모른다.

'하지만 그럴 때면 자석을 가져와서 바늘을 찾아내면 될 일이다.'

수없이 넘나든 사선과 몸에 축적된 경험은 꼬리 끝만 남기고 간 놈들의 몸뚱어리를 어떻게 뒤쫓아야 하는지를 잘 알려주었다.

이미 소혼의 고집과 근성, 집착만큼은 천하의 시고도 인정하지 않았었나.

숙.

숙.

전륜보와 칠보환천, 비천공과 마라만리를 적절히 섞어가며 달린다.

남들이 보기엔 소혼이 사람이 아닌 새로 보이겠지만, 소혼은 그것만으로 만족하지는 않았다.

'더 빨라야 한다. 접근전에 칠보환천이 있다면 경공술도 그에 못지않은 나만의 신공이 필요해.'

백팔십 화륜이 일제히 움직이면서 막대한 양의 공력을 용천혈 쪽으로 집결시켰다.

한 발을 내딛고 또 한 발을 내딛는다.

바퀴가 굴러간다는 뜻의 전륜이 기본 뼈대가 되고 마라만리와 비천공이 적절히 섞이며 전혀 새로운 경공을 탄생시켰다.

비천행(飛天行).

회륜도가 분천칠도가, 승륜심결이 화륜심결이 되었듯이 전륜보도 또 다른 모습으로 진화했다.

슈우우욱.

그의 신형이 길게 그려지면서 기다란 포물선을 그렸다.

포물선은 곧 어느 이름 모를 마을에 도착했다.

착.

히히히힝!

소혼이 가볍게 착지하자 갑작스런 그의 등장에 말이 놀라 투레질을 해댔다.

"워! 워워!"

주인이 말을 말리려 했지만, 말은 워낙 예민한 동물이라 한번 놀라기 시작하면 흥분을 주체할 줄 몰랐다.

자칫 뒷걸음질에 맞기라도 하는 날에는 갈비뼈가 그대로

날아갈지도 모르는 위험천만한 상황이었다. 소혼은 주인의 옆으로 다가가 말의 고삐를 잡았다.

"괜찮다. 나 때문에 놀란 것이냐?"

한 손으로 콧잔등을 쓰다듬으며 따스한 열기를 심어주었다. 근육이 이완되면서 말은 언제 그랬냐는 듯이 얌전해졌다.

"아, 고맙습니다!"

"아니오. 나 때문에 생긴 일인 것을. 한데, 실례가 되지 않는다면 여기가 어딘지 물어봐도 되겠소?"

"주천현(酒泉縣)입니다만……?"

"주천이라……. 잘 찾아왔군."

소혼은 만족한 웃음을 지었다.

"말이 많이 배가 고파하는 것 같소. 일을 시키는 것도 좋지만 배도 좀 채워주면서 부려먹으시구려. 그럼 이만."

소혼은 제 말을 끝낸 후 길을 걸었다.

말 주인은 멍한 시선으로 소혼의 등 뒤를 바라보다가 그제야 이상한 점을 깨달았다.

"그러고 보니… 저 사람, 맹인이었잖아? 어떻게 이 녀석을 진정시키고 또 배가 고픈 것을 알 수 있었지? 혹시 점쟁이인가?"

혹시 맹인이 되면 저런 신기(神技)를 가질 수 있을까 하는 생각에 말 주인은 오랫동안 고민을 떨치지 못했다.

길을 걷는 소혼의 모습에서는 일말의 주저함도 없었다.

객잔에서 했던 말대로 그가 고아였던 시절에 강호 어디 한 곳 돌아다녀 보지 않은 곳이 없었다. 그때에 배인 역마살이 단단히 박힌 터라 마교에 정착하고 나서도 소혼은 가끔씩 업무를 모두 벗어버리고 한 번씩 여행을 떠나오곤 했다.

감숙도 예외는 아니었다.

특히나 이 근방은 마교의 십만대산과도 가까워서 자주 찾아오던 길이기도 했다. 그래서 소혼에게는 이곳이 친숙하기만 했다.

"이 근방 어딘가에 있었던 걸로 기억하는데……."

소혼은 방금 전부터 뒷골목을 배회했다.

일반 사람들이 다니는 대로나 소로가 아닌, 뒷거래상이나 흑도인들이 주로 다니는, 소위 말하는 흑로(黑路) 쪽으로 걸었다.

"어이, 형씨. 앞이 보이지 않아서 이곳으로 온 것 같은데, 그럴수록 더 몸 귀중한 줄 알고 다녀야지."

흑도는 대개 파락호나 삼류 낭인, 혹은 하오문들의 연합체로 알려져 있다.

민초들이 사는 세계가 양지라면 이곳은 음지라 할 수 있는 세계. 온갖 도박판, 사기, 밀거래 등 불법으로 얼룩진 쓰레기들의 집합소다.

이런 놈들은 아무런 힘없는 민초들을 등쳐 먹고사는 놈들이 대부분이기에 정파인들은 물론 마인들까지 경멸한다.

여하튼 일반 무인이라면 모르되, 민초들에게는 지옥의 소굴이나 다름없는 곳에 아무 힘도 없어 보이는 사내가 등장했으니 승냥이들이 모이지 않을 리 없다.

흑로를 걸은 지 일각이 채 되지 않았는데도 벌써 소혼의 주위로 네 명의 장한이 둘러쌌다.

얼굴에 크고 작은 상처가 있는 것이 '우리들 좀 나쁜 놈이오'라고 소리치는 듯하다. 물론 소혼은 그 얼굴을 볼 수 없기에 아무런 소용이 없었지만.

"죽고 싶지 않으면 있는 거 탈탈 털어서 내놔."

"탈탈 털어서 되겠어? 그 허리에 있는 칼, 제법 좋아 보이는데? 칼이랑 옷, 다 내놔. 아, 그렇게 되면 발가벗고 쫓겨나게 되는 건가?"

"낄낄낄!"

"낄낄낄!"

"흑상(黑上)이 어디지?"

"뭐?"

"흑상이 어디냐고 물었다."

이깟 하오배들을 무서워할 소혼이 아니기에 그는 최대한 조용히 넘어갈 심산으로 흑상을 찾았다.

흑상이란 흑도에서만 통하는 일종의 은어로, 그 지역의 흑도를 총괄하는 최상위 집단, 즉 하오문을 이야기했다.

제아무리 배신과 암투로 얼룩진 흑도라고 하지만 흑도인들에게 하오문이 주는 이름값은 다르다.

강호 전역에 널리 퍼진 흑도를 총괄한다는 하오문. 흑도인들에게 흑상 하오문은 황제보다 더 무서운 존재였다. 하오문에서 문도가 파견된다고 하면 그 지역의 파락호들은 모두 그를 극진히 모시기에 바빴다.

"혹시… 하오문도가 되십… 니까?"

파락호 중 한 명은 혹여나 하는 심정으로 물었다. 만약 이 비리비리하게 생기고 앞도 보지 못하는 맹인이 하오문도이거나 그와 관련된 사람이라고 한다면 자신들은 지금 저승으로 향하는 마차를 탄 셈이었다.

"아니. 하오문과 거래를 하려 한다."

"그 말은 곧… 하오문과는……?"

"전혀 상관없다."

"이런 개쌍! 나 지금 쫄았잖아!"

하오문은 흑도의 총괄 집합체이면서 또한 강호 전역에 두터운 정보망을 가진 정보 집단이기도 했다. 그런 그들을 이용하려는 고객들은 하루에도 수백 명이나 되는데, 하오문의 정보망은 이용료가 너무 비싸 개중 대부분이 몰매를 맞고 쫓겨나곤 했다.

그들의 눈에는 이 맹인새끼가 곧 하오문의 문턱조차 밟지 못하고 내쫓길 신세를 가진 놈팡이로밖에 비치지 않았다.

"너 이 새끼, 그 칼만 받고 순순히 보내주려 했는데, 안 되겠다. 우리 호걸사웅께서 세상의 쓴맛을 보여주겠다!"

소혼은 길길이 날뛰는 놈들을 보면서 한숨을 내쉬었다.

"후우, 어쩔 수 없이 조금 손을 써야겠군."

소혼은 분천도를 빼 들었다. 칼날은 뽑지 않았다. 이런 쓰레기들에게는 칼에 피를 묻히는 것도 아까웠다.

횡.

도갑째로 실컷 두들겨 팰 생각이었다.

분천도가 장한의 머리 위로 떨어졌다.

빡!

두개골이 깨지는 소리가 들렸다.

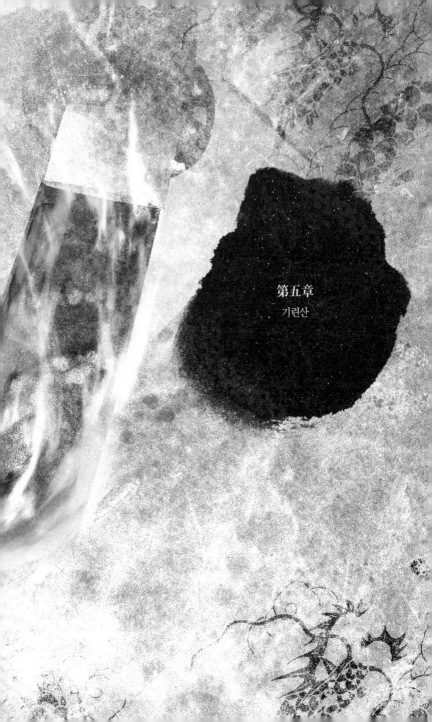

第五章

기린산

神刀無雙
신도무쌍

"**으**음… 좋다."

하오문 감숙삼대지부 중 한 곳인 주천 지부의 지부장 재종우는 의자에 반쯤 걸터앉고서는 늘어져라 하품을 쩍 해댔다.

"으음, 냠냠."

한때는 마교와의 접경 지역이라 하여 제일 중요한 전선으로 부각되었었지만, 휴전 협정인 칠년지약을 맺은 후에는 아무도 신경 쓰지 않는 변방이 되어 있었다.

삼 년 전의 오늘만 하더라도 지금이 가장 바쁜 시간이지만, 삼 년이 지난 오늘은 따분하기만 한 시간의 연속이었다.

그나마 요즘 들어 하오문의 비호를 받고 있는 흑도 문파들이 잘 봐달라고 뒷돈을 찔러주는 터라 그 낙으로 살고 있었다.

"인생사 무엇 있겠는가. 안빈낙도가 최고지."

재종우는 세월아 네월아 타령만 해댔다.

"흠냐, 아직 해가 중천인데 취향루에 가서 야앵이 품에 안길 수도 없고. 쩝, 아무튼 이 시간이 제일 따분하다니까. 에구구구! 정말이지, 뻥 하고 무슨 사건 안 터지나 모르겠네."

물론 심심하다고 해서 삼 년 전의 그때로 돌아가고 싶다는 말은 절대 아니었다.

그때의 그는 정말이지, 진짜 뭐가 빠져라고 달릴 정도로 바빴으니까.

정파와 마교의 전면전이라 흑도에게는 영향이 없는 것 같지만, 오히려 정마대전이 삼십 년 넘게 길게 끌어오면서 가장 큰 피해를 입은 것이 바로 흑도였다.

시절이 어수선하니 이때를 틈타 흑도가 발흥하면 괜찮겠다 싶어서 수면 위로 고개를 살짝 내밀었는데, 정파와 마교는 쳐다보기도 싫다는 이유만으로 그들을 가차없이 쳐내 버렸다.

무인으로서의 자존심이 있는지라 일반 민초들에게는 화풀이를 할 수 없으니 그 화가 고스란히 흑도에게 향하는 것이다.

그런 판에 정파는 정의를 위한다는 명목으로 하오문에게

서 정보를 갈취하질 않나, 마교는 너희들의 생존권은 우리가 쥐고 있다는 협박을 일삼으면서 하오문의 목줄을 쥐어 잡질 않나. 여하튼 동네북이 따로 없었다.

그러니 가장 하층에 있는 그들, 특히 정파와 마교의 대립지가 되는 이곳 감숙 주천 지부는 그야말로 하루에도 수백 마리의 비둘기가 안착하거나 날아가고, 평생 가도 한 번 보기 힘든 대마두나 구대문파의 장로들을 만나기까지 하니.

만약 이 지겹고 따분하지만 평화로운 생활을 할 것이냐, 아니면 삼 년 전의 언제 목이 달아날지 모르는 긴박한 생활로 돌아가고 싶냐고 누군가가 묻는다면 재종우는 십 중 십, 전자를 택할 터였다.

"그래, 지금이 좋지. 얼마나 편하냐. 에휴, 칠년지약이 아니라 칠십년지약이면 얼마나 좋을까."

듣자 하니 요즘 밑에서는 제천궁인가 뭔가 하는 세력이 일어나서 강남 일대를 쑥대밭으로 만들고 북쪽으로 치고 올라올 기회를 호시탐탐 노리고 있다던데.

뭐, 강북에서도 가장 오지에 속하는 이곳에서 그런 걸 신경 쓸 필요는 없으니 그와는 전혀 다른 세계의 이야기였다.

재종우가 그렇게 너스레를 떠는 사이에 그의 앞으로 보다 말았던 서찰이 바람에 흩날렸다.

남궁세가의 소공녀가 서장에서 천시(天翅)를 획득, 현재 감숙

성에 와 있다는 소문이 강호 전역에 퍼졌다. 이에 미리 소문을 접한 고수들이 현재 감숙에 집결…….

만약에 확인했다면, '비상사태다!' 라고 날뛸 총단의 지시령을 보지 못하게 되었다는 것이 재종우의 실책이라면 실책이라 할 수 있었다.

천시(天翅), 통칭 '날개' 라 불리는 두 단어가 가져다주는 무게는 그만큼 무거운 것이기에…….

"아무튼 시간아, 빨리 가거라. 나는 빨리 야앵이 품에 안기고 싶단 말이다. 낄낄! 야앵이 녀석을 위해서 사향 주머니도 준비해 놨는데. 히히히, 야앵이가 얼마나 좋아할까."

'오라버니~' 하며 간드러지게 외칠 기녀를 떠올리며 재종우는 행복한 망상에 잠겼다. 하루 빨리 시간이 흘러가길 기도했다.

그때, 그는 알지 못했다.

오늘 그는 야앵이에게 사향 주머니를 주기는커녕 이곳 지부에서 한 발자국도 밖으로 나가지 못한다는 것을.

쾅!

혼자서 헤벌쭉 헤헤거리고 있던 재종우는 갑자기 집무실 문이 벌컥 열리자 자리에서 벌떡 일어나 고래고래 소리쳤다.

"이놈아! 내가 할 이야기가 있으면 조용히 말하고 들어오라고 했어, 안 했어?"

들어온 녀석은 그의 오른팔이라 할 수 있는 검은 도끼, 흑부였다.

본래 뒷골목 파락호 두목 생활을 하던 녀석인데, 비록 실력은 떨어지지만 머리도 잘 돌아가고 아부도 끝내줘서 특별히 옆에 둔 녀석이었다.

"지, 지, 지부장님⋯⋯!"

그런데 이상하게도 오늘따라 녀석이 몸을 부르르 떨고 있었다. 팔을 와들와들 떨면서 밖을 가리키는 게 무언가 큰일이라도 터진 듯했다.

"왜 또? 적청방 놈들이 또 숭검문을 건드렸어?"

주천에는 숭검문이라는 이백 년의 전통을 자랑하는 정파가 한 곳 있다. 문도가 총 백을 넘지 못하는 자그마한 규모의 문파지만, 그래도 문주가 한때 감숙에서 이름을 떨쳤던 고수라 흑도 녀석들이 쉬이 건드리지 못했다.

하지만 눈칫밥으로 먹고사는 흑도 놈들 중에서도 눈치가 없어서 일을 내도 크게 사단 내는 놈들이 있기 마련인데, 그중 대표적인 녀석이 바로 적청방의 방도들이었다.

적청방은 비단길을 통해 상거래를 하는 상인들의 뒤를 봐주면서 검은돈을 쌓은 놈들이다. 이 근방에서는 제법 명성도 자자했다.

다만, 그 명성이 흑도치고 높다는 것이지 숭검문의 위세에까지 미친다는 것은 아니었다. 그런데 이놈들이 하늘 높은 줄 모르고 숭검문 막내 제자를 실수로 건드렸다가 말 그대로 개 박살이 났다.

적청방주는 길길이 날뛰며 숭검문에게 대들었지만, 숭검 문은 조용히 다음 제자를 내보내 또 개박살 내버렸다.

그 뒤로 적청방도는 숭검문의 '숭' 자만 들어도 고개를 푹 숙이곤 했는데, 이런 일들을 제외하고는 흑부 녀석이 놀랄 까 닭이 없기 때문에 재종우의 화는 더욱 컸다.

"아, 시파, 제 놈들 일은 지들끼리 알아서 하라고 그래. 나 도 더 이상 숭검문 그 어린 문주 새끼한테 가서 봐달라고 굽 실거리기 싫단 말이야!"

"그, 그, 그런 것이 아닙니다!"

"그럼?"

"바, 바, 밖이······."

"밖이 뭐? 아, 제발 말 좀 그만 더듬고 차근차근히 말해봐."

"지금 밖이 초토화되었습니다."

"뭐?"

재종우는 무슨 뜻인지 알지 못해 버럭 소리를 질렀다.

재종우는 '초토화'라는 말의 의미를 처음엔 알지 못했는 데 밖으로 나와서야 알게 되었다.

"아악! 나 살려!"

"파, 팔이 부러졌어!"

"대인을 못 알아뵀나이다!"

여기저기서 앓는 소리가 들린다. 밖은 그야말로 초토화. 하오문 감숙삼대지부 주천 지부를 지키고 있던 하오문도들이 죄다 사지 중 한 곳을 부여잡은 채 땅바닥에 널브러져 있었다.

"이게 대체 어떻게 된 일이냐?"

재종우의 물음에 흑부는 벌벌 떨면서 입을 열었다.

"맹인입니다!"

"뭐?"

"맹인이 이런 짓을 저질렀습니다!"

'어떻게 된 일이냐?'라고 물었는데, '맹인입니다!'라고 대답한다면 대체 뭐라고 말해야 할까? '그러면 장한 스무 명을 때려잡은 그 맹인이라는 새끼를 데려와!', 이렇게 말해야 할까?

하지만 재종우는 자신이 뭐라 말을 해야 할지 고민을 하지 않아도 되었다.

쓰러진 놈들 중심에 범인이 서 있었기 때문이다.

"저 맹인이 이렇게 만들었습니다."

"······!"

재종우는 그제야 수하 놈들 사이에 고고하게 서 있는 남자를 발견할 수 있었다.

눈가를 건으로 가린 남자였는데, 한 손에 도갑을 들고 있는 것이 예사롭지 않았다. 비록 무공을 익힌 듯한 흔적은 발견되지 않았지만, 그래도 스물이나 되는 수하를 때려잡은 실력으로 보아하니 한가락 하는 게 분명했다.

"어디서 보냈느냐? 전에 숭검문과의 일 때문에 한소리 했다고 적청방에서 보냈느냐? 그도 아니면 내가 제 첩을 꼬드겼다고 화룡파에서 보냈느냐?"

"어디에서도 보내지 않았다."

"다치지 않고 내 수하를 스물이나 두들겨 팬 것을 보아하니 그래도 어디서 어쭙잖게 고수에게서 한두 수는 배웠나 보구나. 네놈을 고용한 곳에서 제시한 금액이 얼마냐? 내 밑으로 들어와라. 족히 열 배는 쳐주겠다. 내 밑에 들어오면 주천의 계집 중 네가 원하는 년을 선물로 주겠다."

일반 무인들이 듣는다면 인상을 찡그리겠지만, 흑도 역시 자그마한 무림과 같다.

강한 자가 최고다. 그리고 실력없는 열 명보다는 실력이 뛰어난 한 명을 더 높게 친다.

맹인이라는 것이 걸리긴 하지만 그래도 천하의 흑상 하오문을 뒤집을 정도이니 실력은 안 봐도 당연지사. 재종우는 드넓은 아량으로 놈을 품에 안아줄 생각이었다.

한편, 찾아볼 정보가 있어 하오문을 찾은 맹인, 소혼은 황당함을 감출 수가 없었다.

하오문과 전혀 관련이 없다고 말하자 다짜고짜 주먹을 휘두르는 놈들이 있질 않나, 지부장을 찾아왔다고 말했을 뿐인데 꺼지라고 하지를 않나.

정보비를 지불할 돈이 없는 것도 아니고, 알고 싶은 정보를 찾고 나면 그에 합당하게 값을 치러주겠다는 생각을 방금 전까지 하고 있었는데 지금 그 생각이 싹 사라져 버렸다.

'예쁘게 봐줄 테니 수하로 들어와라? 그리고 마음에 드는 계집을 주겠다?'

스물일곱 생애를 살아오면서 소혼이 가장 싫어하는 말 중에 하나가 여자를 물건 취급하는 놈들이다.

마치 예쁜 여자를 안는 것이 최고의 미덕인 양 낄낄대고 있는 놈들을 보면 정말이지 한 대가 아니라 수십 번이고 밤새도록 패서라도 정신머리를 바꿔놓고 싶었다.

"그냥 넘어가려 했는데 안 되겠군."

소혼은 생각을 모두 바꿨다.

최대한 조용하게 넘어가려 했지만 어차피 강호에 나온 것. 언제 자신이 남의 눈치를 보고 살았던가.

하고 싶은 대로 한다. 그것이 여태껏 소혼이 살아오면서 지켰던 인생 철학이었고, 또한 마인이 가져야 할 마음 자세였다.

탁.

소혼은 땅을 강하게 지르밟으며 앞으로 달려나갔다.

저런 삼류를 상대로 내공을 사용하는 것 자체가 어불성설이기에 공력은 끌어올리지 않았다.

"하! 고작 수하 몇 놈 두들겨 팼다고 눈에 뵈는 게 없나 보구나!"

재종우는 재종우대로 화가 났다.

그가 이곳 주천 지부장이 된 지 십 년이 넘었다. 그때라면 한창 바쁠 때였는데 어째서 자신이 이곳에 왔겠는가? 그만큼 하오문 내에서 뛰어난 실력을 가졌기 때문이다.

한때 철심사조(鐵心邪爪)라고 하면 아이고 어른이고 숨어서 벌벌 떨기 바빴거늘. 재종우는 간만에 실력 행사를 해야겠다는 생각에 손을 쫙 폈다.

손톱이 유달리 강한 빛깔을 자랑했다.

"죽어라, 이놈!"

"그 소리, 오늘만 해도 벌써 서른 번은 더 들은 것 같다."

재종우를 철심사조로 만들어준 조법이 소혼의 머리 위로 떨어지려는 찰나, 소혼은 가볍게 몸을 꺾으면서 안쪽으로 바짝 간격을 좁혔다.

"응?"

그런데 그 동작이 너무 빨라 재종우의 눈에는 마치 이형환위처럼 보였다는 데에 문제가 있었다.

목표물이 사라졌다는 것을 알아채는 데 일 초. 그 목표물이 바로 눈앞에 나타났다는 것을 깨닫는 데 오 초. 도합 육 초가 지난 후 화들짝 놀라 방어를 취해보려 했지만,

"오늘, 개를 여럿 두들겨 잡는군."

소혼의 분천도가 도갑째로 빙그르르 회선을 그렸다.

빡!

두개골이 깨지는 소리와 함께 재종우의 몸뚱어리가 뒤로 벌러덩 넘어갔다.

놈의 몸이 땅에 착지하기도 전에 분천도가 현란하게 춤을 췄다. 박자에 맞춰서 신나는 음악소리가 들렸다.

두타타타닥! 둥탁탁!

*　　　　*　　　　*

미시 초(未時初:13시), 기련산.

소혼은 주천현을 떠나 장액현에 도착했다.

청해성 성계까지 그 길이가 닿을 정도로 엄청난 길이와 험준한 계곡을 소유한 기련산.

본래 소혼이 있던 돈황에서도 기련산에 오를 수는 있었지만, 그래도 확인하고 싶은 바가 있어 장액까지 온 것이다.

그리고 그는 진성이 사라진 곳이 바로 이곳 장액이라는 것을 확인할 수 있었다.

"지난 사월에서 오월까지 한 달간 이곳 장액에서 종적을 감춘 사람이 총 열 명이나 되는데, 그중에 한 명이 진성과 비슷한 모습이었다… 이 말이지?"

소혼의 손에는 주천 지부에서 재종우와 그 일당을 몽땅 털어 뽑아낸 정보가 한 손 가득 들려 있었다.

대부분이 소혼과 무관한 삼류 정보였지만, 개중 몇 개는 소혼의 이목을 끌었다. 진성일 가능성이 높은 정보 또한 더러 존재했다.

'크게 기대도 안 했는데.'

소혼은 서찰을 보면서 아침에 하오문에서 있었던 일을 다시 떠올려보았다.

"…알고 싶은 게 무엇이냐?"

쾅!

"…아, 알고 싶은 것이 무엇이오?"

쾅!

"히이이익! 아, 아, 알고 싶은 것이 무엇입니까, 대인?"

"지난 사월에서 오월 한 달 동안 장액에서 사라진 사람 숫자와 그 사람들의 특징, 그리고 지난 십 년 동안 한 달에 한 번씩 기련산에서 내려와 한꺼번에 생필품을 사 가는 이들의 명단."

소혼은 탁자에 가만히 등을 기대며 짧게 말했다.

하오문 주천 지부장 철심사조 재종우는 수하들과 함께 무릎을 꿇은 채 소혼을 '대인'이라 부르면서 그에게 용건을 물었다.

빨리 처리해 버리고 소혼을 내쫓으려는 생각이었다.

그런데 실종자 명단이라니? 여기가 무슨 포도청이라도 되는 줄 아는가 보지.

쾅!

하지만 제아무리 그런 불만을 토로해 봤자 주먹은 말보다 가까웠다.

소혼이 주먹으로 탁자를 강하게 내려치자 재종우는 저도 모르게 몸을 부들부들 떨고 말았다. 수하들 앞에서 당당한 모습을 보여야 한다는 생각 따윈 집어치운 지 오래였다.

"조사해."

"하, 하지만 대인……."

쾅!

"그, 그건 너무 포괄적……."

쾅!

"……이지만, 헤헤, 그래도 하라고 하신다면 해야지요. 그런데 아시다시피 이곳 주천과 장액은 서역으로 향하는 비단길이 시작되는 지점이라 하루에도 수십 명의 상인이 왔다 갔다 합니다요. 그 사람들을 모두 파악하는 것도 힘든데 실종자라니. 그건 하루 이틀로는 힘들……."

촤르르륵.

소혼은 주머니에서 금전을 한 손 가득 들어 재종우 앞에 뿌렸다.

"……!"

보기에도 족히 금전 수십 전은 되었다. 이 정도면 일급이 아니라 특급에 해당하는 정보를 사 갈 수 있는 돈이었다.

"본래 돈을 지불할 생각이 없었지만 힘들다고 하니 그에 합당한 대가를 지불하는 것이다. 단, 시간은 한 시진밖에는 주지 못한다. 그 안에 알아보지 못하면 돈을 되돌려 받겠다."

"아, 알겠습니다. 하지요! 하고말고요!"

어차피 인근의 실종자라고 해봐야 흑도 놈들에게 당한 이들이 대부분일 터. 그런 사람을 제외한다면 사실 뽑을 숫자도 얼마 되지 않았다.

밑에 수하들과 흑도 놈들을 들들 볶는다면 한 시진으로 떡을 치고도 남았다.

소혼은 밖으로 걸어갔다.

"한 시진 후에 찾아오지."

"네, 천천히 쉬엄쉬엄 놀다가 오십시오."

재종우를 비롯한 다른 수하들도 일제히 고개를 숙이며 그를 배웅하려던 찰나, 소혼이 갑자기 무슨 생각을 떠올린 듯 걸음을 멈췄다. 일순, 재종우의 심장이 덜컹 내려앉았다.

"실종자들은 기련산 초입구나 그 인근에서 사라진 사람들로 한정하도록."

"알겠습니다, 대인."

"그리고 지난 삼 년간 강호에 무슨 일이 있었는지 주요 사건들을 적어둔 종이도 같이."

재종우는 수십 번이고 허리를 바짝 숙이면서 소혼을 배웅
했다.

그렇게 해서 소혼은 한 시진 후에 사월에서 오월, 한 달 동
안 기련산 인근에서 종적을 감추거나 사라진 이들의 명단을
받을 수 있었다.

개중에 가족이 있는 사람을 제외하고 다른 성의 말씨를 쓰
는 사람이나, 부유한 집안의 도련님처럼 행세한 사람들의 명
단을 쭉 훑어보았다.

소혼은 개중에 진성으로 짐작되는 사람을 찾을 수 있었다.

"성진이라……. 진성. 마치 자신을 찾아보라는 식으로 꼬
리를 남긴 것 같구나."

성진. 뒤집으면 진성이다.

마치 놀이라도 해보자는 식으로 이름을 지은 것 같다.

성진에 대해서는 간략하게 적혀 있었다.

성진.

키, 육 척 반. 청해성 말씨로 보아 곤륜 쪽의 사람으로 추정.
등에 검을 메고 강호행을 나온 듯함. 사월 보름에 기련산에서 종
적이 끊김.

사월 삼일, 매향객잔에서 투숙.. 칠 일간 기거.

사월 팔일, 중원전장에서 돈 삼천 냥을 찾고…….

성진이라는 사람은 보라는 듯이 자신의 종적을 흘리며 다녔다.

소혼은 이것이 놈의 도발이라면 그것을 순순히 받아줄 생각이었다.

"그래, 마음껏 날뛰어보아라. 나는 지옥 끝까지라도 쫓아가서 너를 찾아내고 말 테니."

거기다 혁리빈현이 소혼에게 건네준 종이에는 이런 글도 적혀 있었다.

진성이 기련산에서 모습을 감춘 이후에 채홍련과 유현도 차례대로 종적을 감추었다. 개중 유현, 혹은 그와 닮은 사람을 감숙에서 보았다는 이가 있어…….

환도맥의 맥주 유현에 대한 대목이었다.

그리고 유현의 연락이 끊긴 것도 역시나 감숙이기에 기련산을 중심으로 무언가가 있다고 판단…….

혁리빈현은 감숙 기련산에 무엇인가 있다고 판단했지만, 이곳에 정찰대를 보내지는 못했다.

안팎으로 자신을 경계하며 혹여 있을지도 모를 사태를 대비하고 있는 진성의 눈이 너무 많았기 때문이다.

'빈현, 걱정 마라. 지금부터 내가 그 눈이 되어 유현과 진성을 찾을 테니.'

소혼은 비천행을 펼치며 기련산에 올랐다.

일각을 그렇게 올라가자 험준한 산맥과 절묘하게 깎아지른 듯한 절벽이 눈에 어렸다. 마치 병풍을 두른 듯한 위세. 아미금산맥과 연결되어 있는 산답게 역시나 대단한 기세를 자랑했다.

소혼은 봉우리의 정상 중 가장 큰 거목의 꼭대기 위로 올라가 산 전체를 한눈에 굽어다보았다.

"분명 진성과 유현, 채홍련이 제천궁에 대해서 알아보다가 종적을 감춘 것이 분명한데……."

고연대와 혁리빈현을 제외한 오대수가 강호행을 결의하게 된 것은 제천궁에 대한 조사를 하기 위해서라고 했다.

제천궁.

삼 년 전에 갑자기 모습을 드러내 파죽지세로 주변 일대를 석권하며 욱일승천의 기세로 강남제일세가 되어버린 곳.

패를 지향하며 강남의 패자가 된 지금은 강북으로 진출할 기회를 호시탐탐 노리고 있다.

현재는 기존 명문 세력인 구파일방과 오대세가와 반목하고 있다.

"…라고 적혀 있는데, 한데 분명히 십만대산에서 다짜고짜 나를 공격했던 놈들이 제천궁이라고 했으렷다?"

삼 년 만에 강호에 나온 소혼이라면 제천궁이라는 이름에 대해서 고개를 갸웃거릴 법도 하지만, 그는 이미 십만대산에서 제천궁이라는 이름을 들은 적이 있다.

수라마검 승태림을 꺾고 난 이후에 자신을 습격했던 만독자라는 노괴와 검은 복면인들. 그들은 분명 제천궁에서 나왔다고 했다.

마공음으로 이지를 제압해 들은 사실이니 그의 귀가 잘못되지 않은 이상에는 틀릴 리 없었다.

"문제는 강남에 있어야 할 제천궁의 무사들이 어째서 마교의 영역권에 있었던 거지? 혹시 남궁세가 식솔들을 쫓고 있던 놈들이 바로 제천궁인가? 후우, 도저히 알 수가 없군."

진성, 회, 제천궁……

진성의 뒤를 받치고 있는 이들이 바로 통칭 '회'다. 그리고 진성은 제천궁을 조사하다가 종적을 감추었다.

그렇다면 제천궁과 회는 적인가? 아니면 그들은 같은 집단이지만 겉으로만 이름을 달리하고 있는 것인가? 그도 아니면 그들은 서로 전혀 관련없는 단체이며, 진성은 정말 제천궁을 조사하다가 모습을 감춘 것인가?

여러 의문이 뒤죽박죽 섞여 머리를 헝클어놓았다.

"알 수 없다면 차근차근 풀어주지."

소혼은 비천행을 다시 펼치며 높이 뛰어올랐다.

가슴속에 강하게 응집시켜 놓았던 기력을 한순간에 밖으로 방출시켰다.

화기를 띤 양기가 기련산 일대를 뒤덮으면서 감역(感域)을 확장시켰다.

기감을 널리 퍼뜨려 수상한 기파를 가진 사람이 있나 확인하는 행위였다. 약간 힘들고 무식하다고도 할 수 있는 방법이었지만, 무식한 만큼 이보다 효율적인 방도는 없었다.

특히 절혼령이 칠성에 다다르면서 내공도 부쩍 많이 늘은 터라 내공이 달릴 위험도 적었다.

감역을 수십 리씩 늘리고 있는 그때,

"있다!"

소혼은 최소 절정 이상의 기파를 가진 무인 세 명이 있는 곳을 발견해 냈다.

천리안을 열어 심안으로 그곳 상황을 비추자 자그마한 모옥 위에 전서구로 보이는 비둘기 수십 마리가 앉아 있었다.

모옥 안에는 보기에도 나이가 지긋한 노인이 세 명이나 있었다.

누가 봐도 분명 이런 험준한 산에 비둘기 수십 마리를 키우는 노인 셋이 있다고 하면 이상하게 여길 터였다.

숙.

소혼은 망설임없이 그곳을 향해 비천행을 전개했다.

*　　　　*　　　　*

기련산 마주봉(痲柱峰).

기련산이 자랑하는 수백 봉오리 중에서 가장 험난하기로
소문난 봉오리다.

병풍을 두른 듯이 깎아내린 절벽에 그 허리에는 구름이 떡
하니 걸려 있다.

그곳에 서는 것만으로도 대단히 떨릴 일이겠지만, 사내에
게는 전혀 상관없는 일이었다.

사내는 태어나 이곳에 온 것이 단 두 번밖에는 되지 않음에
도 꽤나 마음에 든 듯했다. 며칠이고 이곳 정상에 서서 대지
를 굽어다보고 있으니.

"궁주, 무슨 생각을 하십니까?"

궁주라 불린 사내 옆으로 다가온 것은 유생 차림을 한 중년
인이었다.

"아, 유사. 오셨구려."

십만대산에서 만독자에게 일러 소혼을 뒤쫓으라고 명령했
던 사내와 그를 호위하던 유사가 바로 그들이었다.

한데, 서장에서부터 남궁린 일행을 뒤쫓던 그들이 어째서

이곳 기련산에 있는 것일까? 거기다 그들과 함께 다니던 독사 만독자는 이곳에 보이지 않았다.

"그냥 이것저것 생각하고 있었다오. 우리 궁이 앞으로 천하를 제패하려면 어떻게 해야 하는가, 그리고 내가 그 선봉에 서려면 무엇부터 해야 하는가 등. 이곳에 서니 이런저런 생각이 들었다오."

하지만 걱정이 다분한 말과는 다르게 궁주의 눈에는 영웅호걸들만이 가질 수 있는 웅지(雄志)와 사내라면 능히 품어야 할 호연지기(浩然之氣)가 충만했다.

젊음이란 무섭다. 도전할 수 있기에 무서운 것이다. 그리고 궁주는 이제야 약 이립(而立:서른) 정도에 지나지 않았기에 더더욱 무서웠다.

"지금처럼 여태껏 해오셨듯이 하면 됩니다, 궁주."

유사의 눈에 비치는 궁주는 항상 자신감에 차 있었다.

후퇴를 모르고 늘 전진만을 알며, 인재를 포용할 줄 아는 대인의 풍모와 천하를 도모할 만한 지략을 가진 일대의 호걸이자 효웅이며, 또한 영웅이었다.

그렇지 않다면 어찌하여 삼 년 만에 그 드넓은 중원을, 그것도 한 성 규모가 아닌 절반씩이나 차지할 수 있을까.

"나도 방금 전까지 그런 생각을 하고 있었다오. 유사의 말대로 지금처럼 해오던 대로 하면 될 것이오."

"마교와의 오랜 싸움으로 이미 쇠락할 대로 쇠락해 버린 구파일방과 오대세가가 무슨 힘이 있어 감히 본 궁의 행사에 대항할 수 있겠습니까?"

"핫핫! 듣는 것만으로도 가슴이 뻥 뚫리오."

궁주라 불린 사내는 산 아래를 내려다보았다.

뻥 뚫린 세상이 눈 아래에 보였다.

아래에서는 너무 크게만 보였던 나무와 산, 강물이 지금은 장난감처럼 작기만 했다.

사내는 손을 앞으로 쭉 내밀며 거머쥐듯이 안쪽으로 다섯 손가락을 오므렸다.

"저 산 아래로 보이는 세상, 드넓은 대지! 반드시 저 모두를 이 손에 넣을 것이오."

유사는 바짝 몸을 엎드렸다. 진정으로 탄복해하는 기색이 역력했다.

"궁주의 뜻대로 하소서!"

사내의 눈동자 위로 살기가 번뜩였다.

"비록 나를 이렇게 키우고 힘을 준 것이 회주라곤 하지만, 지금의 궁을 키운 것은 바로 나 경태요. 회가 제아무리 제 권리를 내세운다 한들 나는 그것을 따르지 않을 것이오."

유사는 살짝 머리를 들고서 물었다.

"외람된 말씀이지만, 궁주께 소신이 한 말씀 올려도 되나이까?"

"말하시오."

"궁주께서는 지금 회와는 전혀 다른 길을 걸을 것이라 말씀하고 계십니다. 한데 어째서 궁주께서는 지금 회가 지시한 대로 움직이고 계십니까?"

경태는 희미하게 웃었다.

"유사께서는 본인이 회의 명에 따라 요 몇 개월간 서장에서부터 남궁가 계집의 뒤를 쫓는 것은 물론, 이번 천시쟁패(天翅爭覇)를 이끈 것에 대해 불만을 가지고 있나 보오."

"그렇습니다."

"그것은 말이오……."

경태는 짤막하게 대답했다.

"…그것이 우리 궁에 이로울 거라 생각했기 때문이오."

"이득… 말씀이십니까?"

"그렇소. 이득이오. 본래 본 궁은 회의 지원을 받던 곳. 그러던 곳이 독립하기로 마음을 먹었다면 저들의 지시를 무시하는 것보다 저들이 저지른 이점을 역이용하는 것이 좋지 않겠소?"

"어부지리(漁父之利)!"

궁은 천시쟁패를 이끌어 강호에 혼란을 던져 주고 회가 그곳에 집중하게 만든 다음 자신의 이득을 보겠다는 심산이었다.

"구밀복검(口蜜腹劍)이 어울릴 것이오."

경태의 말에 유사는 고개를 끄덕였다.

"과연 궁주이십니다!"

경태는 '핫핫!' 호탕하게 웃다가 만독자를 떠올렸는지 그에 대한 물음을 던졌다.

"한데, 독사께서는 어디로 가셨소? 아직도 그 소혼이라는 작자를 찾고 있소?"

십만대산에서 만독자에게 수라마검을 죽인 자를 쫓으라 한 이후에 만독자가 돌아왔을 때 경태는 깜짝 놀라고 말았다.

고천사패와 성란육제도 한낱 애송이로 치부하던 만독자가 애꾸가 되어서 돌아온 것이다.

어떻게 되었느냐는 물음에 만독자는 차갑게 '소혼'이라는 말만 내뱉을 뿐이었다. 늘 웃음이 많은 만독자이기에 경태는 만독자를 알고 난 이후 난생처음으로 그가 차가워진 모습을 보았다.

"그때, 천시쟁패를 행해야 한다며 십만대산을 나온 이후로 독사는 소혼이라는 자를 쫓지 않았습니다."

만독자는 지옥 끝까지고 소혼을 뒤쫓으려 했지만 경태가 이를 허락하지 않았다.

천시쟁패를 위해 남궁세가의 추적도 그만두어야 하는 마당에 다른 잡놈을 쫓으며 보낼 시간이 없었기 때문이다.

"하면?"

경태의 물음에 유사는 빙긋 미소를 지었다.

"그동안 화가 많이 쌓인 듯하여 다른 이들에게 들키지 않는 한도 내에서 놀이를 하라고 말하였습니다.

"하……!"

경태는 고개를 절레절레 흔들었다.

도저히 거기까지는 생각이 미치지 못했다는 투다.

"정말이지, 유사의 머리는 어디까지인지 모르겠소. 계책이면 계책, 사람을 다루는 능력이면 능력. 전대 회주도 다루기 힘들었다던 독사를 유사께서는 마치 쥐락펴락 마음대로 다루시는구려."

"이것 또한 인재를 가진 궁주의 복이 아니겠습니까."

"핫핫! 맞는 말이오. 유사를 가진 것이야말로 내게 가장 큰 복이지! 어쩌면 다른 십천사를 얻은 것보다 더 큰 복인지도 모르오!"

유사는 쓴웃음을 지었다.

"그런 말이 다른 십천사의 귀에 들어가면 저는 쥐도 새도 모르게 죽습니다."

"하핫! 유사가 죽는다? 차라리 당장 하늘이 무너진다는 말을 믿겠소."

경태와 유사는 이런저런 이야기를 나누었다.

웃음소리와 함께 기련산의 절벽을 따라 시원한 산바람이 그들의 머리를 쓰다듬고 지나갔다.

음모가 무르익는 만추(晚秋)의 어느 날이었다.

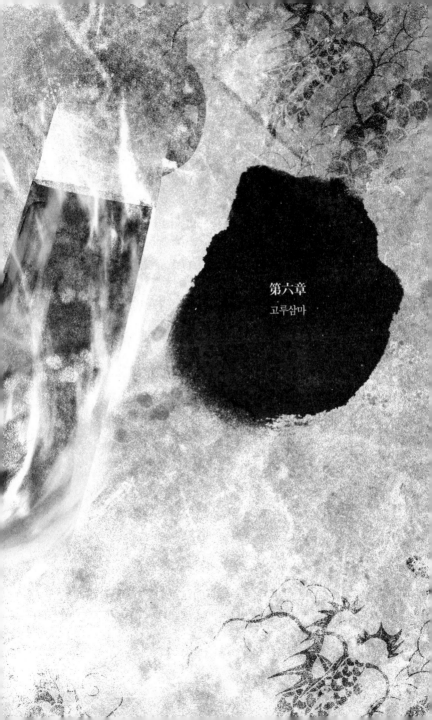

第六章

고루삼마

神刀無雙
신도무쌍

탁.

소혼은 잠영밀공(潛影密功)을 펼쳐 기척을 지운 채로 조용히 나무 위에 안착했다.

꾸룩.

그 순간, 소혼은 나무에 앉은 새 한 마리가 자신을 지켜보기 시작했다는 것을 눈치채지 못했다.

소혼은 기감을 끌어올려 오두막집을 보았다. 느껴지는 세 노인의 기파가 상상 외로 높았기 때문이다.

최소 절정, 혹은 그 이상, 어쩌면 초절정의 고수, 즉 신주삼십이객과 동등한 실력을 지녔을지도 모른다.

그런 이가 한두 명이 아닌 세 명이라는 점은 최대한 조심해서 접근해야 한다는 것과 일맥상통했다.

소혼은 나뭇잎 사이로 보이는 오두막집을 심안으로 비추었다. 안에는 그가 기감으로 느꼈던 것처럼 세 명의 노인이 앉아 있었다.

소혼은 가만히 품에서 하오문에서 받았던 종이를 꺼냈다. 지난 몇 년간 몇 달에 한 번씩 산에서 내려와 생필품을 대거 사 가는 이들에 대해 적혀 있었다.

기련산에 터를 잡은 사냥꾼들이나 아예 마을을 꾸린 이들이 대부분이었다. 하지만 이상하게도 그들 중에는 내일 죽어도 이상할 게 없는 노인도 몇 있었다.

기련산은 험준하기가 중원오악과 비교해도 절대 뒤지지 않는 산이다. 그런 곳에서 사는 노인이 있다? 누가 봐도 이상하지 않은가.

산을 터전으로 삼은 은거기인이 아닌 이상에는 저런 실력이 뛰어난 고수들이 수십 마리의 비둘기를 키우면서 살지는 않을 터였다.

게다가,

'저 노인들은 마기를 내뿜고 있어……'

마두가 산에 은거하지 말라는 법은 어디에도 없지만 그래도 육감이 고하고 있었다. 이곳이 진성과, 그리고 회와 관련된 놈들이 사는 곳이라고.

챙.

소혼은 조심스럽게 도갑에서 도를 뽑았다.

그리고 나뭇가지를 박차려던 순간,

푸드드득!

갑자기 나무 위에 안착해 있던 새 한 마리가 날갯짓을 시작했다.

끼루루룩!

새가 길게 울음소리를 내며 날아올랐다.

모옥 안.

삼형제는 여느 날과 마찬가지로 노년에 찾아온 무료함을 달래기 위해 마작을 하고 있었다.

"이걸로 끝! 내가 이겼다! 크하하하!"

"아, 젠장. 또 큰형님에게 지고 말았어."

"첫째 형, 대체 오늘 무슨 날이슈?"

"글쎄다. 크하하하! 오늘은 끗발이 좀 잘 받는구나."

마작 다섯 경기 중 다섯 판 모두 뚱뚱한 첫째의 승. 평상시에는 도박을 해도 깨지기만 하던 큰형이 다섯 판 연속으로 승리한 것이다.

그 덕분에 삐쩍 마른 둘째와 정상 체격인 셋째는 각각 삼십 년과 오십 년의 내공을 큰형에게 뺏기게 생겨 버렸다.

"으아아악! 정말 이번 판은 이길 수 있었는데!"

셋째가 안타까워 몸부림을 치자, 첫째는 짜리몽땅한 검지를 최대한 까딱거렸다.

"도박은 결국 운과 실력이다. 크하하하! 오늘은 일도 잘 풀리는구나. 십 년 넘게 이런 산골 오지에 박혀서 썩는 줄 알았더니 간만에 일거리도 들어오질 않나, 또 세 달 전에 이어서 손님도 찾아오지 않았더냐? 오늘은 그야말로 기분이 째지는구나."

첫째의 눈이 탁자 위로 향했다.

그곳에는 아침에 모옥을 방문한 궁의 사람들이 일이라며 주고 간 서찰이 있었다.

대충 일이 벌어질 날짜와 위치에 관한 기록이었다. 그 밑에는 석 달 전에 찾아왔던 손님이 주고 간 종이가 있어 그들 삼형제가 얼마나 정리 정돈과는 거리가 동떨어져서 사는지를 절실하게 가르쳐 주었다.

"그 뭣이냐, 천시쟁패니 뭐니 하는 걸 말씀하시는 거요?"

"그래."

"그 천시쟁패가 뭐기에 큰형님이 호들갑을 다 떱니까? 아무튼 이놈의 강호는 예나 지금이나 달라진 게 하나도 없어. 물건이 한번 떴다고 하면 바로 눈이 뒤집어져서는. 쯧쯧."

"뭐, 우리는 간만에 일이 생겼으니 좋지 않으냐? 그리고… 흐흐흐, 그동안 꽁꽁 묶여 있던 우리가 밖으로 나갈 수 있다, 이 말이다."

삐쩍 마른 둘째가 고개를 끄덕였다.

"뭐, 그건 마음에 드오."

"여하튼 오늘 저녁에 움직여야 하니까 다들 몸 좀 풀어놔. 끌끌."

"쳇, 오십 년 내공을 거저 뺏기게 생겼는데 웃음이 나오쇼?"

"흐흐흐, 나는 웃음이 입에서뿐만 아니라 코와 귓구멍에서도 나오는 것 같다. 흐흐흐."

둘째는 머리를 벅벅 긁으면서 자리에서 일어났다.

"큰형님."

"왜?"

"그 저녁에 할 일 말이오. 먼저 몸 좀 풀어도 되겠소?"

'어떻게?' 라는 얼굴로 첫째가 고개를 갸웃거리자, 둘째는 씩 웃으면서 소리없이 검지로 밖을 가리켰다.

푸드드득!

그때, 갑자기 새가 하늘 위로 날갯짓을 하는 소리가 들렸다.

"내가 선방이오!"

그때, '아, 내 오십 년 내공! 아까워서 어쩌나' 라고 누워서 칭얼거리던 셋째가 벌떡 자리에서 일어나더니 창문을 박차고 나갔다.

그 뒤를 첫째와 둘째의 말이 따랐다.

"이놈아! 같이 가!"

소혼은 깜짝 놀란 가슴을 진정시켰다.

새가 갑자기 비상해서 몸을 날릴 수가 없었다. 소혼은 마음을 다시 가다듬었다.

그때, 그의 귓가를 간질이는 한 노인의 목소리가 있었다.

"나를 찾나, 손님?"

'없다!'

오두막집 안에 있어야 할 세 노인의 기척이 느껴지지 않았다. 소혼은 곧바로 어기충소의 수법으로 높이 뛰어올랐다.

"어딜!"

파파파팟!

높이 솟구치는 소혼의 뒤를 따라 수십 개의 강기가 날아올랐다.

화르르륵!

소혼은 광염을 터뜨리며 분천도를 크게 휘둘렀다.

펑!

광염과 강기가 부딪치면서 요란한 울음소리를 울려댔다.

소혼은 공중에서 운룡번신의 수로 몸을 빙그르르 돌리면서 광염사도를 더욱 크게 키웠다.

쾅!

"쥐새끼치고는 제법이구나!"

소혼에게 암습을 가했던 노인은 말과는 다르게 입가에 흡족한 미소를 짓고 있었다. 지난 십 년 동안 이런 변방에서 아무런 일 없이 심심하게만 지냈는데, 간만에 유희거리가 찾아오니 신날 수밖에 없었다.

"삼마야! 그놈은 내 것이다!"

소혼의 머리 위로 또 다른 노인이 튀어나왔다. 처음 암습을 가한 노인이 보통 노인처럼 평범하게 생겼다면, 이 노인은 비쩍 마르고 키만 커서 고목나무를 연상케 했다.

하지만 생긴 것은 우스꽝스러울지 몰라도 장심에서 뿜어져 나오는 장력은 대단했다.

소혼은 일도참으로 장풍을 베어넘기고는 빈 허공을 높이 답보하여 위에서 아래로 칼을 내리찍었다.

쉒!

분천도가 머리 위로 떨어지려 하자 키 큰 노인은 세상이 떠나라 고래고래 소리를 질렀다.

"아아아악! 난 벌써 죽기 싫단 말이다!"

분천도는 단숨에 궤적을 그려 키 큰 노인의 목을 쓰다듬고 지나갈 것 같았다. 하지만 소혼은 칼을 계속 휘두를 수 없었다. 갑자기 뒤편에서 심상치 않은 느낌이 포착된 탓이었다.

'아차, 이놈들은 총 세 명이었지?'

우웅!

"멍청한 동생들 같으니라고. 잘 봐라! 이제부터 이 큰형님께서 너희들에게 한 수 가르쳐 줄 테니."

큰소리를 빵빵 친 이는 방금 전 두 노인과는 전혀 상반된 모습을 하고 있었다. 일단 그는 꼬마 아이만큼이나 키가 작았는데, 문제는 위로 커야 할 키가 옆으로 늘어난 것 같다는 데에 있었다.

하지만 짜리몽땅한 체구의 노인에게서 느껴지는 기파가 제일 강했다.

콰아아아!

거대한 장력이 파도처럼 위를 덮었다.

결국 소혼은 떨어지는 나뭇잎을 다시 밟아 거목 위로 몸을 숨겨야 했다. 그 뒤를 놓칠 노마들이 아니었다.

"쉽게 피할 수 있을 성싶으냐?"

파바바방!

소혼은 칠보환천을 펼치면서 몸을 수없이 옮겼다.

쉭!

펑!

쉭!

하지만 발을 디디는 곳마다 세 노마가 쏘는 장풍이 비처럼 쏟아졌다.

나무가 수도 없이 쓰러지고 고꾸라지기를 수차례. 공격을 피하는 것은 어렵지 않았지만, 문제는 공격을 시도할 겨를이 없었다는 것이다.

'이대로는 체력이 다해 내가 먼저 당하고 만다.'

소혼은 도신에 다시 광염을 붙여 사선으로 베어 자신이 방금 전에 앉았던 거목을 거꾸러뜨렸다.

우드드득.

거목이 요란한 소리를 내며 모로 기울자 그곳을 중심으로 합동 전선을 펼치던 세 노마도 잠깐 주춤거릴 수밖에 없었다.

"뭐지?"

"혹시 실성했나? 갑자기 나무는 왜 쓰러뜨려?"

"그러게. 벌써 지친 건가?"

세 노마가 의문을 한두 개씩 던질 때, 갑자기 살을 태울 듯한 열풍이 불기 시작했다.

"응?"

그 열풍을 가장 먼저 느낀 것은 세 노마 중 삐쩍 마른 노마였다.

"삼마야! 위험하다!"

"뭔 소리야, 둘째 형? 내가 위험하다니?"

놈을 쫓아 주위를 두리번거리는데, 난데없이 키 큰 노인이 위험하다 하니 그로서는 황당할 수밖에 없었다. 하지만 그는 곧 왜 둘째 형이 자신에게 위험하다고 말했는지 알 수 있었다.

"뒤! 뒤!"

"뒤가 어쩄… 엥?"

뒤로 돌아봤을 때에야 삼마는 둘째 형 이마가 자신더러 위험하다고 하는지 알 수 있었다.

쥐새끼라고 생각했던 소혼이 빙긋 미소를 짓고 있었다.

삼마의 눈에 소혼의 미소가 비칠 때, 거대한 회오리가 고루봉(高樓峰) 일대를 휘감았다.

쿠르르릉!

열권풍이었다. 불꽃을 휘감은 회오리는 나무, 바위, 돌을 가리지 않고 아주 처참하게 부숴놓았다. 그것은 삼마도 예외는 아니었다.

"컥!"

커다란 충격파와 함께 삼마의 몸뚱어리가 포물선을 그리다가 다른 두 노마의 머리 위로 떨어졌다.

"막내야!"

짜리몽땅한 체구를 자랑하는 일마가 뛰어올라 막내를 공중에서 낚아챘다.

그를 살리기 위한 방도였지만 안타깝게도 열권풍이 자랑하는 칼바람이 이미 삼마의 심맥을 갈가리 찢어놓은 뒤였다. 몸은 열기에 녹아 눈이 어디이고 코가 어디에 붙어 있는지 구분할 길이 없었다.

그저 저녁에 있을 일을 위한 준비운동으로 여겼던 일이 크게 번지고 말았다. 막내는 더 이상 숨을 쉬지 않았다.

"막내야!!"

"삼마야!"

일마와 이마가 비통에 젖어 소리를 지를 무렵, 소혼이 땅에 가볍게 착지했다.

척.

분천도를 아래로 내려뜨린 소혼을 보며 두 노마가 분노를 담아 소리쳤다.

"네놈은 대체 누구냐!"

"이곳이 회의 지부인가?"

순간, 이마에 핏대를 세우던 일마와 이마가 약속이라도 한 것처럼 갑작스레 차분해졌다.

"그것을 어디서 들었지?"

키 작고 뚱뚱한 노인과 먹고 남은 멸치 뼈다귀처럼 키만 크고 깡마른 노인.

보통 때에 보았다면 두 상반된 모습을 보며 낄낄 웃을지도 모르지만, 막내의 죽음에도 화를 내지 않고 오히려 차갑게 살의를 드러내는 모습은 혼백이 달아날 정도였다.

"마교의 진성과 유현이 이곳에 온 것을 알고 왔다."

일마와 이마의 얼굴이 와락 일그러졌다.

"우리 고루삼마(高樓三魔)에 대한 은원을 갚기 위해서 온 것이 아니었단 말이더냐?"

"고루삼마라고?"

소혼은 겉으로 내색하진 않았지만, 그들이 고루삼마라는 말에 놀라고 말았다.

그의 기억으로는 이미 오래전에 세상을 떠났어야만 하는 노마들이었기 때문이다.

약 칠십 년 전에 세 남자가 세상에 출도했다. 그들은 각각 왜소하고, 뚱뚱하고, 보통인 체격을 지니고 또한 성격도 가지각색이었는데, 그런 다른 점이 서로 잘 맞았는지 곧 의형제가 되었다.

그들 의형제는 감숙에서부터 시작하여 섬서, 사천 일대를 혼란으로 몰아갔다.

사람들은 그들이 기련산 고루봉에서 나왔다고 하여 고루삼마라고 불렀다. 의형제는 이에 각자의 이름을 버리고 스스로 서열에 따라 일마, 이마, 삼마라는 별호를 붙였다.

하지만 그런 그들의 활동도 잠시. 고루삼마는 처음 나타났을 때와는 달리 조용히 종적을 감추었다.

누군가는 원한이 있는 차가 실력을 갈고닦아 그들을 물리쳤다고 말했고, 또 누군가는 그들이 하늘 높은 줄 모르고 날뛰다가 사패의 눈 밖에 나서 죽었다고 하기도 했다.

그렇지만 하나만큼은 확실했다.

고루삼마가 활동한 삼 년이라는 시간 동안 그들은 수많은 이의 원한을 짊어졌다는 것, 그리고 그들의 실력이 지금의 신주삼십이객에 맞먹을 정도라는 것.

'하지만 그때가 바로 칠십 년 전이다. 그렇다면 세수가 족히 백은 넘었다는 이야기인데?'

보아하니 실력이 줄어들기는커녕 악명을 떨쳤을 때보다 훨씬 더 강해진 것 같았다.

삼마를 처리한 것도 놈이 방심한 것을 틈타 처리한 것이지, 제대로 싸웠다면 수십 초는 넘어갈 상대였다.

소혼은 이들에게서 무언가 알아낼 수 있을 것 같았다. 확신에 쐐기를 박았다.

"진성과 유현. 어디에 있지?"

"역시 우리에게 은원이 있는 놈이 아니었어."

"놈! 회에 대해서 어떻게 알고 있는지는 모르겠지만 삼마를 죽인 대가는 죽음으로 보답받을 것이다."

소혼은 고루삼마, 아니, 고루이마의 대화에서 확신을 얻었다.

'맞다. 이들은 진성의 뒤를 봐주고 있는 그 회가 맞다.'

고루이마는 자신들이 회의 사람임을 부정하지 않았다.

이곳이 회가 운영하는 지부 중 한 곳이란 뜻이다.

그리고 소혼은 또 다른 사실도 알아낼 수 있었다.

'유현이 이곳에 다녀갔다.'

혁리빈현이 준 서찰에는 진성이 기련산에서 사라졌다고만 밝힐 뿐, 유현이 어디에서 사라졌는지는 말해주지 않고 있다.

다만 강호에 나가서도 환도맥과 간간이 연락을 주고받던 유현이 감숙에서 종적을 감추었다는 대목에서 기련산과 관련이 있는 것이 아니냐는 심증을 가질 뿐이었다.

한데, 고루이마는 '모든 것을 알고 왔구나'라 말하며 살의를 드러내고 있다. 그것은 곧 그들이 진성과 유현의 이후 행방에 대해서 안다는 것과도 동일했다.

화르르륵!

소혼은 광염의 크기를 더욱 키웠다.

세 노마 중 한 명이 죽었다. 한 명을 더 죽여도 상관없다. 그에게 필요한 입은 하나지 두 개가 아니니까. 그러니까 저들 중 한 명을 살려서 잡아놔야 한다는 뜻이었다.

'이왕이면 첫째가 좋겠지. 맏이가 가장 많이 알고 있을 테니까.'

팟!

소혼은 칠보환천을 밟으며 미끄러지듯이 고루이마를 향해 달려갔다.

빼빼 마른 이마가 뚱뚱한 일마에게 말했다.

"형님, 막내의 원수는 제가 갚겠습니다."

"괜찮겠느냐?"

"저는 절대 방심하지 않습니다."

"알겠다. 비록 우리가 강호에서 은거한 지 칠십 년이 지났으나 아직 우리가 살아 있음을 놈에게 똑똑히 가르쳐 주어라."

"알겠습니다."

이마는 대화가 끝나자마자 오른손을 앞으로 쭉 내밀었다.

손바닥을 쫙 펼치자 거대한 기파가 그곳을 중심으로 몰아치기 시작했다.

동시에 이마의 눈동자가 침침한 녹색으로 변했다.

펑!

장력이 파도처럼 소혼의 머리 위를 덮었다. 광염사도로 장풍을 가뿐히 베어버린 다음 이마에게 쇄도하려는 찰나, 갑자기 이마가 괴상한 울음소리를 내기 시작했다.

"까아아아아악!"

마치 까마귀의 울음소리를 연상케 했다.

"컥!"

순간 소혼은 헛바람을 들이켜고 말았다. 울음소리가 내는 음파에 내공이 흔들린 것이다.

소혼은 달리다 말고 제자리에 서서 두근거리는 가슴을 눌렀다. 내공이 생각만큼 잘 운용되지 않았다.

"까아악! 까아아아악!"

"크윽… 대체 이게 뭐지?"

눈살을 찌푸렸다. 내공이 들끓었다. 무슨 사술을 펼쳤는지 몰라도 한 가지만은 확실했다. 지금 이마가 내고 있는 까마귀 울음소리가 그의 걸음을 막고 있다는 것.

이마는 흡족하게 웃으며 더 크게 울음소리를 내뱉었다.

"까아아아악!"

"컥!"

결국 들끓던 내기가 역류하기 시작했다. 핏물이 입가를 타고 흘러내렸다.

특히 소혼의 경우 심안을 열면서 오감이 일반 사람들보다 몇 배나 더 발달해 있는 까닭에 청각을 이용한 무공은 큰 치명타로 작용했다.

"이게… 대체……?"

광염의 불길마저 조금씩 사그라질 무렵, 일마가 소혼의 궁금증을 해소시켰다.

"지금 이마가 펼치는 것은 만조비명(萬鳥悲鳴)이라는 것이다. 세상에 있는 모든 새와 심령을 연결시켜 그들의 능력을 따오는 술공이지."

"그럼… 그때도?"

소혼은 처음 이곳에 도착하고서 암습을 가하려던 때에 갑자기 새가 괴상한 울음소리를 내며 하늘 위로 날아올랐던 것을 떠올렸다.

일마의 말이 사실이라면 그 새는 사실 이마의 눈과 귀였던 셈이다.

새의 능력을 빌려온다? 본래 동물이 가지는 능력은 각 분야에서 타의 추종을 불허하는 것이어서 그것을 그대로 따라 할 수 있을 경우에 상상도 하기 힘든 힘을 얻게 된다. 본래 무공의 원류가 일반 야생동물에게서 동작을 베껴오며 시작되지 않았던가.

하면 이 무공은 분명 천하에 내로라할 절기임에 분명하다.

만약 지금 소혼처럼 음파에 의해 발목이 묶인 상태에서 일마가 접근해 온다면? 속수무책으로 당할 수밖에 없는 것이다.

다행히 이마가 자신이 삼마의 복수를 하겠다고 해서 그렇지, 만약 일마가 마음만 먹는다면 소혼의 목숨은 이미 없는 것과 마찬가지였다.

하지만 그렇다고 해서 목숨을 연명할 수 있는 것도 아니었다.

지금이라도 당장 저 만조비명의 음파가 내기를 쉴 새 없이 흔들면서 흐름을 역류시켜 결국 주화입마에 빠뜨릴 것 같으니까.

'방법은 없나?'

소혼은 최대한 차분하게 생각했다.

세상에 완벽한 것은 없다. 동물의 능력을 빌었다고 해도 인간이 펼치는 것인만큼 완벽하지 못할 거란 뜻이다.

'만약 저 소리를 듣지 못한다면?'

소혼은 문득 한 가지 생각이 들었다.

만조비명은 청력을 통해 상대의 심지를 구속한다. 그렇다면 그 소리를 듣지 않으면 그만 아닌가.

감각을 강제로 끊는다는 것은 곧 그 감각의 기능을 상실한다는 것과 같지만 소혼에게는 달랐다.

이미 오감의 극대화를 이루며 여섯 번째 감각인 영감에 눈 뜬 소혼이다. 그것은 곧 몸의 신체 기관 중 한 곳을 잠시 정지시키는 것은 무리가 아니란 뜻이었다.

그의 생각대로 귀의 감각을 점하자 더 이상 내기가 들끓지 않았다.

소혼은 쾌재를 부르며 칠보환천을 밟았다.

휙!

방금 전까지만 해도 몸을 움직이지 못하던 이가 무공을 펼치자 이마는 깜짝 놀라 소리쳤다.

"이놈이!"

만조비명이 통하지 않아 놀란 것인데, 미안하게도 그의 비명 소리는 소혼에게 전혀 들리지 않았다.

퍽!

만조비명에 심력을 쏟아 부어 몸을 쉬이 움직일 수 없는 이마의 머리 위로 분천도를 떨어뜨리는 것은 어려운 일이 아니었다.

하지만 갑자기 옆에 있던 일마가 튀어나와 장력이 실린 손으로 소혼의 공격을 튕겨냈다.

'아깝군!'

일마와 이마가 뭐라고 고래고래 소리를 지르고 있었지만, 이미 그들의 말 따위는 소혼에게 관심 밖이었다.

쉭!

일도참이 수없이 공간을 가르며 이마의 뒤를 쫓았다. 일마는 그때마다 짧은 다리를 수없이 놀려대며 소혼의 전진을 가로막았다.

그때마다 충격파가 수없이 터져 나가면서 그들이 디디고 있는 땅 일대가 폭발 때마다 아래로 푹푹 꺼졌다.

펑!

소혼은 몸을 한 바퀴 돌면서 광염을 다시 키우며 열권풍과 광염사도를 동시에 터뜨렸다.

콰르르릉!

주위가 삽시간에 불바다가 되는 것은 시간문제였다. 특히 물이 부족한 가을철이라 바싹 말랐던 낙엽이 화마를 더욱 키웠다.

화르르륵!

화마는 이마와 일마의 걸음을 방해하고 주의를 분산시켰다. 하지만 불바다는 소혼에게는 너무나 익숙했다.

그는 다른 무인들과 다르게 싸움을 시야에 의존하지 않기 때문이었다.

쾅!

강기와 일마의 장풍이 충돌하면서 커다란 먼지구름을 일으켰다. 일마가 또 무어라 소리를 지른 것 같았지만, 소혼은 이마의 만조비명이 걱정되어 청각을 키우지 않았다.

다만 사람이 긴급한 상황에서 여러 감각에 의존하는 것처럼 소혼도 청각을 계속 거둔 채로 싸울 수는 없는 일이어서 그는 다른 방법을 모색했다.

휙!

어기충소의 수로 높이 뛰어올라 일마의 머리 위를 스쳐 지나간다.

허공에서 공중제비를 한 바퀴 돌면서 아래를 내려다보자 화마에 갇혀 우왕좌왕 어쩔 줄 몰라 하는 이마가 시야에 잡혔다.

소혼의 입가에 미소가 번졌다.

"이마! 위험하다!"

청각이 돌아왔을 때 그런 목소리가 들린 듯했다.

하지만 일마의 외침은 이마에게 들리지 않았다. 이미 염룡마후가 소혼의 손을 떠났기 때문이다.

열권풍이 장풍으로 화한 염룡마후. 마치 천년의 용이 뜨거운 숨결을 토해내는 것처럼 푸른 불꽃이 이마의 몸을 쓰다듬고 지나갔다.

흔적은 남지 않았다.

"형… 님……!"

화르르륵!

이마의 몸이 물결에 씻겨가듯 깨끗이 사라졌다.

"이노오오오옴!"

소혼은 가볍게 땅에 착지한 후 일마를 제압하기 위해 몸을 날리려 했다.

그런데 일마의 몸에 나타나는 알 수 없는 현상에 소혼은 황당함을 감출 수가 없었다.

"뭐지?"

갑자기 일마의 몸뚱어리 위로 푸른색 핏줄이 돋아나기 시작했다. 근육에 힘을 주었을 때 보이는 실핏줄과는 차원이 다른 색깔과 크기의 핏줄이었다.

문제는 그런 핏줄이 피부 위로 고스란히 비친다는 점이었다.

금방이라도 살이 불어 터질 듯하고 핏줄 역시 금방이라도 튀어나올 것만 같았다.

징그럽기 그지없는 광경이고 정작 당사자인 일마 역시 고통스러워하는 기색이 역력했지만 일마는 절대 멈추지 않았다.

도리어 눈을 붉게 태우면서 소혼에 대한 증오심을 키울 뿐이었다.

"죽이겠다……!"

일마의 몸이 급격하게 불어났다. 일반 아이만 하던 자그마한 체구가 몇 배로 불어나더니, 곧 장신에 속하는 소혼보다 훨씬 큰 몸으로 변했다.

마치 전설에 나오는 황금 야차를 보는 듯한 착각을 불러일으켰다.

몸이 불에 덴 것처럼 붉게 달아오르고 눈에 어린 광기와 몸 위로 아지랑이처럼 피어오르는 하얀 연기는 섬뜩함을 더해주었다.

"죽어라!"

일마는, 아니, 이제는 일마라고 짐작되는 거한이 주먹을 말아 쥐고서 크게 휘둘러 왔다.

소혼은 옆으로 몸을 돌려 공격을 피했다.

콰아아앙!

일마의 주먹이 스쳐 지나간 자리 위로 바위 파편이 수없이 튀어 올랐다. 딱히 내력을 끌어올린 것 같지도 않은데 바위를 모래처럼 가볍게 부술 정도라니.

초나라의 항우가 능히 그 힘만으로도 산을 뽑아 던지고 세상을 뒤엎을 만하다[力拔山氣蓋世]고 했지만, 이것은 정말이지, 말로 형용하기가 불가능한 힘이었다.

'한 대라도 맞게 되는 날에는 살아남지 못한다!'

소혼은 고루삼마와 싸운 이후, 처음으로 목숨의 위협을 느꼈다.

살의만으로도 절혼령 칠성에 달한 그의 간담을 서늘하게 만들 정도의 능력이라니.

게다가 광기로 얼룩진 일마의 눈을 보건대, 죽이는 것은 몰라도 제압하는 것은 많이 힘들 듯했다.

'이럴 줄 알았으면 이마나 삼마 중 한 명을 제압하는 것

인데.'

하지만 후회는 제아무리 빨리해도 늦는 것이라고 했던가.

소혼은 어쩔 수 없이 무리를 해서라도 일마의 광기를 잠재워야겠다고 생각했다.

'이마의 만조비명도 그러하고… 대체 어디서 저런 무공을 습득한 것일까? 회의 정체가 대체 뭐지?

그의 궁금증이 도를 넘어갈 즈음, 일마가 다시 이동을 시작했다.

쿵! 쿵! 쿵!

걸음을 옮길 때마다 땅에 커다란 족흔이 새겨졌다.

앞에 마주치는 것을 모두 부술 기세로 그는 달려들며 주먹을 수없이 휘둘렀다.

쾅!

쾅!

그때마다 소혼이 디디고 있던 땅이 놈의 주먹에 의해 아래로 움푹 꺼졌다.

소혼은 일마의 권이 날아들 때마다 칠보환천으로 공격을 피했는데, 문제는 시간이 지나감에 따라 일마의 공격도 점차 빨라진다는 데 있었다.

쿵!

칠보환천만으로 피해내는 데에 무리가 있어서 결국에 소혼은 광염사도로 일마의 권을 막아야 했다.

"큭!"

강한 힘이 도신을 따라 그에게 전해졌나.

소혼도 스스로 절대 남에게 뒤지지 않는 패도(覇刀)를 구사한다고 생각했지만, 일마의 일권을 막아냈을 때에는 그 생각을 고스란히 접어야 했다.

'대체 무슨 무공을 썼기에 단시간에 이토록 강해질 수 있는 거지?'

소혼은 주위 수하들에게 '걸어다니는 장서각'이라는 소리를 들을 정도로 정마를 막론하고 수없이 많은 무공을 알고 있었다.

개중에는 그토록 구하기가 어렵다는 팔황새의 무공도 있을 정도였다. 한데, 아무리 떠올려 보아도 체구와 공력을 동시에 증진시킨다는 무공은 들어본 적이 없었다.

대법 종류라면 또 모를까…….

'대법? 설마 역혈대법(逆血大法)?'

강호에는 수없이 많은 대법이 존재한다. 개중에는 소혼이 시고에게 시술받은 강환대법도 있고, 잠력을 폭발시키는 잠력폭능대법도 있다.

역혈대법은 그중에서 혈도의 흐름을 반대로 돌려 파괴력을 몇 배씩 길러내는 방문좌도의 술법이다. 한 번 쓰고 나면 몸이 폐인이 되기 때문에 죽음의 위기가 아니면 잘 사용하지 않았다.

하지만 역혈대법도 눈에 광기만 드러날 뿐, 몸이 불어나거나 하는 현상은 없다. 하지만 역혈대법보다 더 독하고 뛰어난 대법은 있었다.

그것은 바로,

"혈백(血魄)!"

"크아아아아!"

쿠르르르!

힘으로만 밀어붙이던 일마의 주먹에서 이제는 경력까지 휘몰아쳤다.

천둥소리를 내며 공간을 찢어버리는 일권.

분천도에 실리는 힘이 또다시 몇 배나 불어났다.

콰콰콰쾅!

경력이 공간을 수없이 때렸다. 일마가 디디는 대지마다 바위의 파편이 튀어 오르다가 기파에 부서져 모래로 화했다.

주먹이 움직일 때마다 수십 개의 벼락이 고루봉 위로 꽂히는 것처럼 느껴졌다.

일전에 십만대산에서 싸웠던 수라마검과 비교해도 절대 뒤지지 않는 힘이었다. 아니, 오히려 능가하는 힘이었다.

비록 강하긴 했어도 초절정밖에는 되지 않던 고수가 절대위의 힘을 뿜낸다? 제아무리 역혈대법이라도 그것은 불가능하다. 그렇다면 그 이유는 단 하나.

소혼은 화륜을 급격하게 돌리면서 소리쳤다.

"혈백이라니! 어째서 팔황새 무상천(無上天)의 사술을 너희들이 알고 있는 거지?"

"크아아아아!"

소혼이 제아무리 소리를 쳐보아도 이미 일마는 마기에 의해 이성을 잃어버린 상태였다.

백 년 전, 세상을 겁란으로 몰아넣었던 팔황새의 혈백은 대성하지 않고 사용하였을 경우 한 단계 높은 경지의 성취를 얻게 해주나 대신에 막대한 후유증을 낳는다.

그것이 다다른 경지가 높으면 높을수록 더더욱.

이미 초절정의 끝을 보고 있던 일마이니 혈백의 마성에 젖은 것은 당연하다 할 수 있었다.

지금 일마의 머릿속은 오로지 한 가지로만 채워져 있었다.

복수. 동생들의 목숨을 앗아간 원수, 소혼의 죽음뿐이었다. 그리고 그 소원을 이루었을 때에 일마는 마성에 미쳐 공력을 있는 대로 낭비해 결국 기력이 다해 시름시름 앓다가 죽을 것이다.

"설마 너희들이 말하는 회가 무상천을 말하는 건가!"

소혼이 소리쳐 물었지만 대답은 돌아오지 않았다.

쿵!

커다란 궤적이 머리맡으로 떨어질 뿐이었다.

"크오오오!"

일마가 짐승처럼 날뛰는 통에 소혼은 정신을 집중시킬 수가 없었다.

"계속 정신을 차릴 수가 없다면 강제로라도 차리게 할 수밖에."

소혼은 일단 일마를 진정시키고 제압해야만 했다. 진성과 유현의 흔적을 이렇게 쫓아왔는데 이곳에서 놓친다는 것은 말도 되지 않았다.

하지만 혈백은 시전자의 무위보다 한 단계 높은 경지를 이끌어주는 기술.

지금 일마가 보이는 힘은 절대위와 동등하다.

비록 이성을 잃어 본능에 따라 무공을 사용하기에 절대위라고 표현할 수는 없을 테지만, 마성에 젖었다는 것은 그만큼 위험하다는 뜻이기도 했다.

'해낼 수 있을까?'

불현듯 물음표가 던져졌다.

비록 마혼주를 삼켰다지만 그는 수라마검과의 대결에서도 제대로 된 승리를 이끌어내지 못했다. 만독자라는 괴인에게는 죽기 직전까지 몰렸었다.

청정단을 먹고 절혼령의 성취가 깊어지면서 얻은 바가 있다지만, 아직도 그는 자신의 실력을 가늠치 못했다.

'아니, 해내야만 한다.'

소혼은 물음에서 결심으로 바꿨다. 여기에서 이대로 그쳐서는 안 되기에.

"핫!"

거친 기합과 함께 분천도가 불을 뿜었다.

분천사도 화편월이었다.

하늘에 뿌려진 수십 개의 초승달이 불에 젖은 채로 떨어졌다.

"크오오오!"

일마는 거칠게 포효하면서 혈백의 끝, 혈천라강(血天羅罡)을 뻗어냈다. 붉은색 강기가 일대에 휘몰아쳤다.

쿠쿠쿠쿵!

*   *   *

"음?"

천시쟁패를 위해 마주봉에서 내려오던 찰나, 경태는 언뜻 머리를 스치는 이질감에 고개를 뒤로 돌렸다.

"왜 그러십니까, 궁주?"

무슨 일이 있나 싶어 유사가 조심스레 물어오자 경태는 고개를 저었다.

"아니오. 내가 잘못 보았나 보오."

경태는 싱긋 웃으면서 유사의 뒤를 따라 마주봉을 내려갔다. 하지만 그는 곧 몇 발자국을 걷다가는 무언가 고민이 어린 얼굴로 뒤를 돌아보았다.

"분명… 혈천라강이 느껴졌거늘. 내가 잘못 느낀 것인가?"

궁주는 곧 자신이 잘못 보았다고 단정 내리며 산을 내려갔다. 그 까닭에 그는 보지 못했다.

마주봉 맞은편에 있는 고루봉에서 거친 모래 안개가 하늘 높이 치솟았다는 것을.

*　　　*　　　*

쿠쿠쿠쿵!

고루봉 위로 모래가 솟았다.

봉우리 전체가 위아래로 흔들리면서 그들이 딛고 있던 땅이 거미줄처럼 금이 쫘가각 그어지기 시작했다.

화편월과 혈천라강의 충돌.

그 아수라장 사이로 광염이 섬광을 그렸다.

쫘득!

일도참이 공간을 가르는 것은 그야말로 허무하다 싶을 정도로 빨랐다. 하나, 스쳐 지나간 자리까지 허무한 것은 아니었다.

푸우우우!

핏물이 하늘 위로 솟아오르며 열기에 의해 증발해 사라졌다.

그 위로 찢겨진 일마의 사지가 하늘로 떠올랐다.

"크아아아아!"

일마가 고통에 미쳐 소리를 지르는 사이, 소혼은 몸을 뒤로 돌리며 분천도를 그의 오른쪽 가슴에 박았다.

푹!

"크오오오!"

몸이 멀쩡할 때에 내지르는 포효라면 혈백의 권능을 무서워할 테지만, 사지가 없어진 일마의 포효는 고통에 찬 몸부림에 지나지 않았다.

마기가 뇌문의 영역을 침범하고 광기가 이성을 잠재운 이때, 일마는 더 이상 평범한 사람의 모습으로 돌아갈 수 없었다.

"말해. 진성과 유연이 어디로 갔고, 또한 너희 회의 본거지가 어디에 있는지."

하지만 미쳤다고 해서 방법이 없는 것은 아니다.

소혼은 걸어다니는 장서각이라는 별명이 붙을 정도로 많은 무공을 익혔고, 또한 사술을 알고 있었다.

십만대산에서 괴한의 습격 때 제천궁이라는 이름자를 들었던 것처럼 지금도 어려울 일은 없었다.

마기를 극성으로 끌어올려 마공음의 음색을 짙게 만들었다.

"말… 하… 라……!"

"크아아아아!"

"말… 하… 라……!"

"크아아아아!"

일마는 고통에 몸부림쳤다. 혈백이 주는 고통도 한몫 단단히 했지만, 마공음이 주는 마인(魔印) 역시 고통스러웠다.

영혼이 적에게 제압당해 서서히 타인의 것으로 변하는 과정은 육체적인 고통과는 비교 자체가 불가능했다.

"말… 하… 라……!"

"무, 무엇을 말이냐?"

혼탁하던 광기의 눈동자가 살짝 흐리멍덩해졌다. 마공음의 마인이 혈백의 마성을 잠시나마 억누른 것이다.

"진성과 유연은 어디로 갔지? 그리고 네가 몸담은 회의 본거지가 어디인가?"

"그것은……!"

"그것은?"

"그것은… 컥!"

일마는 몸을 부르르 떨다가 핏물을 쏟아내며 곧 축 늘어졌다. 혈백과 마인이 계속 충돌을 벌이다가 결국 공멸하고 만 것이다.

"젠장!"

얼굴에 묻은 피에 아랑곳하지 않고 소혼은 욕설을 내뱉었다.

'어떻게 잡은 단서였는데!'

이럴 줄 알았더라면 처음 고루삼마와 마주쳤을 때부터 삼마를 제압해서 마공음으로 심지를 뒤흔들어 놨어야 했다.

'한 명만 살려놓으면 되겠지'라는 안일한 생각이 지금의 결과를 낳고 만 것이다.

"으아아아아아!"

진성과 유현의 종적에 대한 단서가 사라지고 말았다. 채홍련의 흔적이 남아 있지만, 그래도 소혼에게 가장 중요한 것은 진성의 위치와 회의 정체였다. 그런데 그 기회를 모두 놓치고 말았으니……

무간뇌옥에 갇히기 전에 자체적으로 회에 대해서 조사한 바도 있었지만, 그것만으로는 놈들을 추격하기가 힘들었다. 그래서 그토록 진성의 뒤를 쫓았던 것인데.

"제기랄!!"

소혼은 주먹으로 땅을 내려쳤다.

싸움은 싸움대로, 단서는 단서대로 잃어버렸다.

화마의 불길은 이미 사그라지며 고루봉 정상에는 앙상하게 타서 가지만 남은 나무들만이 서 있었다.

소혼은 그 중심에서 오열을 토했다.

그렇게 얼마나 있었을까. 한참이나 비명을 토하던 소혼은 곧 언제 그랬냐는 듯이 차분한 기색을 되찾았다.

이미 놓친 것을 아깝다 하여 미련을 갖는 것은 옳지 못했다. 차라리 머리를 깨끗하게 비우고 새롭게 출발하는 것이 좋왔다.

'그래, 깨끗하게 잊어버리자. 나는 이곳 기련산에 찾아오지 않은 것이다. 그리고 멀리 돌아가는 것이긴 해도 아직 채홍련의 흔적이 남아 있지 않은가?'

소혼은 모든 단서가 사라지지 않은 것으로 만족하기로 했다.

'남궁린이 기다리겠군.'

어느덧 해가 서쪽으로 향하고 있었다. 아직 낮이었지만 그래도 돈황에 도착할 때쯤이면 밤이 될 터였다.

'잘 싸웠다, 고루삼마.'

그래도 회가 무상천과 관련되어 있을지 모른다는 단서를 포착했기에 소혼은 답답한 마음을 모두 떨쳐 버리고자 했다.

비록 마지막까지 싸웠던 적이지만, 그래도 한때는 강호를 쩌렁쩌렁하게 울렸던 선배인 일마에게 살짝 묵념의 예를 올리고서 돌아서려 했다.

마음을 차분하게 비운 까닭일까. 소혼은 우연히 일마가 이상하게 헛바닥을 위로 쭉 뻗고 있다는 것을 깨달았다.

'설마?'

혹시나 하는 마음은 가정으로 변했고, 가정은 곧 진실로 화했다.

'있다! 단서가!'

마공음은 타인에게 마인을 심어 심령을 제압하는 사술이

다. 그것은 곧 자신의 의지를 타인에게 빼앗겼으면서도 그 의지가 자신의 의지인 양 착각한다는 것과 동일했다.

일마. 그는 말은 하지 못했지만 죽으면서 자신의 의지를 남겼다. 혓바닥으로.

"저곳은……!"

일마의 혓바닥이 향하는 방향에는 고루삼마가 십 년 넘게 기거하고 있던 모옥이 있었다.

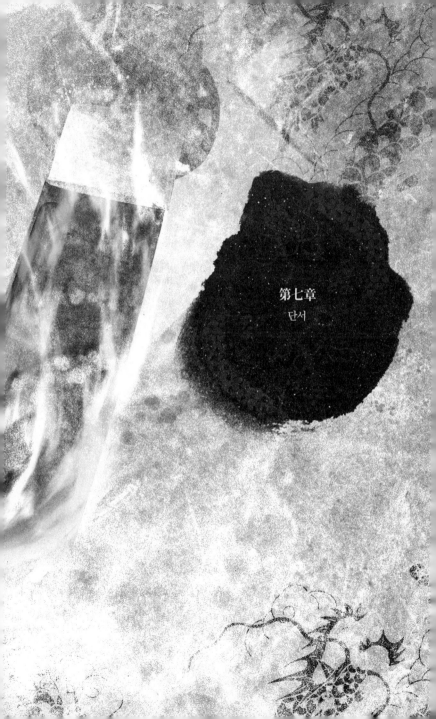

第七章

단서

神刀無雙
신도무쌍

소혼은 고루삼마의 모옥으로 들어갔다.

그가 오기 전까지만 해도 마작을 하고 있었는지, 탁자 위로 판을 벌인 흔적이 가득했다.

하지만 마작이 중요한 것은 아니기에 의도적으로 무시하고서 단서가 될 만한 것들을 찾기 시작했다.

암호문일지도 모르는 벽의 흔적을 뒤지거나, 모옥의 책장에 꽂혀 있는 책 내용을 찾는 것을 중점으로 삼았다.

대부분 늙은 노인네들이 무료함을 달래기 위해 저잣거리에서 사 온 삼류 이야기책 등이 대부분이었다. 개중에는 춘화도도 섞여 있었다.

"나이가 백에 가까이 된 노인들이 이런 것들을 볼 줄이야."

쓸데없는 것들이 대부분이었지만, 그래도 건질 만한 것도 있었다.

고루삼마가 익힌 무공과 그들이 문득 떠오르는 깨달음을 기술해 놓은 고루해서(高樓解書)가 바로 그것이었다.

무공이라면 일단 관심부터 가지는지라 소혼은 그 책을 품 안에 잘 갈무리했다. 대충 읽어보니 이마의 만조비명과 일마 의 일진권(一震拳)에 관한 내용이었다. 열양공과도 잘 맞을 듯했다.

하지만 짭짤한 수익을 챙긴 것과는 다르게 진성과 유현, 그리고 회와 관련된 흔적은 보이지 않았다.

"모두 보자마자 태워 버린 것인가?"

문득 그런 생각이 들었다.

회는 비밀을 가장 최우선시 하니, 윗선의 명이 적힌 서찰을 받으면 모두 읽고 증거를 인멸하지 않았을까 하는 생각.

어쩌면 일마는 그것을 말해주고 싶었던 것일지도 모른다.

소혼은 희망을 꺾지 않았다. 자그마한 단서라도 그에게는 큰 힘이 될 것이기에.

하나, 책이나 나무판자 등을 뒤져 보아도 단서는 보이지 않았다.

소혼은 결국 마작판이 벌어진 의자에 털썩 주저앉고 말았다.

"정말이지, 아무것도 찾질 못하겠군. 정말로 증거를 모두 인멸한 것인가? 아니다. 모옥의 상태로 보아서는 고루삼마가 이곳에 산 지는 최소 몇 년은 되었다. 그 긴 시간 동안 모든 증거를 지웠다고? 말이 되지 않아. 그렇다고 이런 마작판의 받침대 밑에 있을 리도 없… 음?'

소혼은 패를 툭툭 건드리다가 판대 밑에 푹신한 무언가가 있는 것을 발견했다.

회에서 내려온 지시 사항이면 귀중한 것이기에 이렇게 함부로 사용하겠냐는 생각을 했는데 설마……?

소혼은 판대를 들추고는 황당함을 금치 못했다.

"하! 등잔 밑이 어둡다더니[燈下不明]!"

그 밑에는 푹신한 감촉마저 느껴질 정도로 두터운 양의 서찰이 있었다.

위에 있는 것은 받은 지 얼마 되지 않았는지 새하얗고, 밑에 있는 몇 개는 몇 개월이 지난 듯 누런 기가 보였다.

"아무도 찾아오지 않으니 그냥 아무렇게나 놔두었다는 건가?"

소혼은 혀를 찼다. 정말이지, 이럴 줄 알았으면 어렵게 생각하지 말고 쉽게 했어야 하는 건데. 여하튼 그래도 회에서 내려온 것으로 보이는 단서를 찾았으니 다행이었다.

소혼은 침을 꼴깍 삼키며 서찰의 내용을 확인했다.

오늘 유시(酉時)에 돈황과 옥문관을 중심으로 '천시쟁패'를 시행할 계획이다. 이에 고루삼마는 경태를 도와…….

"경태?"

소혼은 서찰을 읽던 도중 눈에 익숙한 이름에 눈살을 찌푸리다가 이내 피식 웃음을 터뜨렸다.

"설마……."

그가 아는 사람인가 싶었지만 구주는 넓고 똑같은 이름을 가진 사람은 많다. 소혼은 이를 대수롭지 않게 여겼다. 다만 '천시쟁패'라는 대목이 걸렸다.

쟁패(爭覇)라는 말이 적혔을 정도면 예삿일이 아닐 것이고, 천시(天翅)라는 말은 소혼도 잘 아는 내용이기 때문이었다.

"일신무총(一神武塚)의 열쇠가 왜 이런 곳에서 언급되는 거지?"

일신무총. 한때에 강호를 떠들썩하게 만들었던 이름이다.

백 년 전, 팔황새의 천중전란과 함께 위대한 여덟 명의 무인들이 일어났다. 그들의 힘이 얼마나 대단했던지, 당시 절대위의 고수들을 억누를 정도로 강한 힘을 지녔으니 굳이 말로 표현하지 않아도 되리라.

다른 시간대에 태어났으면 충분히 천하제일인이 되었을 이들. 하지만 하늘은 무심하게도 그들을 같은 시대에 내보냈고, 강호는 그들을 일컬어 천중팔좌라 칭송했다.

일신, 일마, 이괴, 사양.

그중 일마에 해당하는 이가 바로 소혼의 아버지 염도시고다. 그는 스스로 천중팔좌 중에서 가장 강하다고 칭했지만, 세상은 그 여덟 명 중 일신을 최고로 쳤다.

일신 무양(武養).

그는 천마, 달마 대사, 장삼풍 진인과 함께 고금제일인으로 꼽혔다.

하지만 그 위대한 영광에 걸맞지 않게 그는 소리없이 강호에서 사라졌다. 숙적이라 불리던 제일마가 스스로 십만대산 암연동에 모습을 감춘 것과는 다르게.

그리고 삼십 년 후, 강호를 뒤집을 만한 사건이 일어났다.

일신 무양의 무덤이 적혀 있다는 장보도가 세상에 출몰한 것이다.

그와 더불어 일신의 무덤을 열 수 있는 열쇠 또한 같이 세상에 나오면서 강호는 걷잡을 수 없는 혼란 속으로 빠져들었다.

삼십 년 넘게 진행되었던 정마대전의 시작에도 장보도가 관련되어 있을 정도로 일신의 무덤이 낳은 여파는 컸다.

천하제일, 아니, 고금제일인이 익힌 무공이 남겨져 있을지도 모르는 곳. 그곳이야말로 강호에 사는 무인들의 이상향이 아니겠는가?

사람들은 일신의 무덤을 일신무총, 그리고 일신무총을 열 수 있다는 그 열쇠를 하늘의 날개라 하여 천시라고 이름 붙였다.

다만, 문제는 강호를 혈겁으로 몰아넣었던 장보도와 천시가 세상에서 사라졌다는 점이다.

"지금 생각해 보면 미친 소리지."

소혼은 일신무총과 천시에 대해 그렇게 평가했다.

그 역시 강함을 갈구하는 무인이니 어찌 일신의 무공이 탐나지 않겠는가마는, 소혼은 그에 비교해도 절대 뒤지지 않는 제일마의 무공을 익혔을뿐더러 또한 일신이 죽어 무덤을 남겼다는 소리가 허무맹랑하게 들렸기 때문이다.

제일마도 징그럽도록 아직 정정한 마당에 일신이 죽었다? 그것도 삼십 년 전에? 차라리 흙으로 메주를 쑨다는 말에 더 신빙성이 갔다.

하지만 분명 천시의 존재는 강호를 혼란으로 몰고 갈 것이다.

천시가 제아무리 거짓이라고 한들, 무인들에게 '만약'은 확신이나 다름없었다. 강해질 수만 있다면 제 목숨도 초개같이 내던지는 이들이기에.

'한참 동안 시끄럽겠군.'

소혼 자신이야 회와 진성의 뒤를 쫓을 것이기에 크게 신경 쓰지 않을 생각이었다.

회가 만든 음모라고는 하나 관련되고 싶은 마음은 없었다. 세상의 이목을 끌고 싶지 않았기 때문이다. 최대한 조용하게,

그리고 은밀하게, 그렇게 회의 뒤를 캐고 다닐 생각이었다.

'소리없이 다가드는 그림자가 가장 무서운 법이니까. 한데……'

다만 걸리는 점이 있다면,

"어째서 천시가 돈황에 있는 거지?"

돈황은 남궁린 일행이 있는 곳이 아닌가. 혹여 놈들의 음모에 휩쓸리지는 않을까 걱정이 들었다.

모른 척 무시하는 것이 가장 좋을 테지만, 그래도 어릴 적의 인연과 함께 자신을 구해준 은인을 모른 척 방관할 수는 없었다.

소혼은 그렇게 생각을 정리하고 다음 서찰을 집어 들었다.

유현이 군도(群島)로 이동할 수 있게…….

"유현!"

서찰을 쥐고 있는 손에 힘이 들어갔다. 일부분이 구겨졌지만 소혼은 신경 쓰지 않았다. 그의 눈에는 두 글자만이 보일 뿐이었다.

군도.

"어디로 간 게냐……!"

마교의 비각 정보망에서 증발하더니 이제는 군도로 사라졌단다. 하지만 이것만으로는 정보가 부족했다.

이 중원 천지에 군도라는 이름을 뒤져 보아도 족히 열 개 가까이 나올 것이다. 가까이로는 검의 종주 검각이 있는 주산 군도가 있고, 남쪽으로 가면 천라군도, 사향군도 등등이 있다.

섬 두세 개를 묶어 군도로 칭한다면 족히 수십 개는 넘을 것인데.

이것으로는 정보가 될 수 없어 소혼은 다른 단서가 될 만한 것이 있나 서찰을 몇 번이고 되읽었다.

하지만 '군도'라는 말 외에는 별게 없었다.

다른 서찰을 뒤져 보아도 회에서 내린 명은 대개 짤막했다.

어떻게 하라, 이런 일을 하라 하는 등의 내용이 대부분이었는데, 개중에는 '일공자가 기련산에 있는 동안 백염(白炎)을 얻을 수 있게 도와라'라든가, '오공자(五公子)와 십천사가 서장으로 이동할 일이 있으니 도와라'라는 알 수 없는 내용이 알아듣지 못하게 적힌 말도 있었다.

소혼은 이 서찰들이 나중에 어떻게 도움이 될지 모르는 탓에 고이 접어 품 안에 갈무리해 두었다.

하지만 생각만큼 일이 잘 풀리지 않았음에 한숨이 나왔다.

회의 본거지에 대한 단서는 물론이고, 가장 중요한 진성의 행방에 대해 적혀 있는 것도 없었다. 환도맥주 유현에 관한 내용도 '군도로 간다'라는 내용뿐인데, 소혼에게는 뜬구름 잡기 식에 지나지 않았다.

"결국 원점. 채홍련부터 추적해야 하나?"

작게 한숨을 내쉬는데, 갑자기 소혼의 머리 위로 무언가가 번뜩였다.

"잠깐. 군도라면?"

진성과 유현 등이 강호로 나간 것은 제천궁의 정체를 파헤치기 위해서다.

그 와중에 유현은 회와 연계했을 가능성이 높다.

그렇다면 유현과 회가 연계하면서 거래할 만한 게 무엇이 있을까?

중원 침략? 마교의 패권? 분명 그런 것들도 있을 테지만, 유현이 부탁할 만한 거래를 몇 가지 생각해 보았다.

그중에 하나가 '제천궁에 대한 비밀을 알아낼 수 있게 밀행을 할 테니 도와달라' 라는 대목이 있을지도 모른다.

자신이 이끄는 환도맥은 진성에게 잡혀 있으니, 그를 견제하기 위해서라도 더 큰 단체인 회를 등에 업은 것일 수도 있다.

그렇다면 군도, 어디로 이동해야 제천궁에 대한 자세한 사정을 알 수 있을까?

제천궁이 강남을 휩쓴 이면에는 구파일방과 오대세가 등 대부분의 명문정파들이 강북에 몰려 있기 때문이다. 다르게 해석하자면, 강남에 그만큼 쟁쟁한 명문이 없다는 뜻이다. 사도삼세(邪道三勢)는 옛적의 일이다. 하지만 그렇다고 해서 제천궁을 견제할 만한 문파가 없을까?

'검각.'

검의 종주라 불리는 검각이라면 한창 제천궁에 대해 잔뜩 경계를 하고 있을 것이다.

그 자체적으로 제천궁에 대해서 알아본 바도 많을 것이고.

'유현 녀석이 잠입해서 거래하기엔 딱 좋은 곳이지.'

게다가 검각은 정마대전에도 참가하지 않은 정사지간의 문파. 마교와는 좋다 할 수 없지만, 그렇다고 해서 나쁜 관계라고도 할 수 없었다. 유현이 접근하기에 용이하다는 뜻이다.

소혼은 머릿속으로 중원도를 펼쳤다.

강북칠성(江北七省)과 강남팔성(江南八省)을 차례로 떠올려 보았다.

그가 지금 있는 감숙을 따라 바다가 있는 동쪽으로 선을 그었다.

예부터 동해는 섬이 많기로 유명하지 않던가. 그중에서도 제천궁이 있는 동남쪽으로 이동했다.

이내 소혼의 머리는 그에게도 익숙한 한곳을 지목했다.

'절강(浙江)!'

그곳에 바로 군도가 있다.

검각의 종주, 불정사 검각이 있는 곳이.

주산군도(舟山群島)!

                    *   *   *

　소혼이 유현의 이동로를 그릴 무렵, 남궁린 일행은 객잔에서 차후 행로에 대해 대화를 나누고 있었다.

　이곳에서 세가가 있는 남직예까지 가는 것은 어렵지 않다.

　이미 일 년에 가까운 시간 동안 중원을 가로지르고 서장까지 다녀온 그들이니 다시 돌아가는 길은 오히려 반갑기까지 했다.

　하지만 정작 문제는 다른 곳에 있었다.

　"요(要)는 그 괴한들이 계속 우리를 쫓아오느냐 아니냐가 문제인데……."

　설파의 말에 남궁린과 호린대가 고개를 끄덕였다.

　그들이 가장 걱정하는 문제.

　그것은 바로 서장에서부터 시작된 괴한들의 추격이다.

　남궁린의 가슴속에 조용히 잠자고 있는 '물건'을 눈치챈 세력인지, 아니면 그저 자신들의 땅을 침범한 것에 대한 원한을 가진 서장무림의 고수인지는 아무도 몰랐다.

　만약 후자라면 팔황새 중 한 곳인 포달랍궁(布達拉宮)일 가능성이 높지만, 그들이 사용하는 무공을 떠올리니 그것은 또 아닌 것 같았다.

　포달랍궁의 본류는 천축의 불가(佛家). 하지만 괴한들의 무공은 패도(霸道)에 가까웠다.

전자라고 하더라도 석연치가 않았다.

'물건'을 노린 것이라면 오로지 그것을 흡수한 남궁린만을 노렸어야 옳다. 하나 그들은 남궁린 일행을 추살하는 데에만 노력을 기울였으니.

이 때문에 남궁린 일행은 괴한들이 그저 단순한 서장무림의 어떤 단체 소행이라고만 여겼다.

거기다 소혼을 만났던 신강의 끝 부분부터는 괴한들의 추격도 거의 없어졌다. 감숙으로 넘어온 이후에는 놈들의 그림자조차 보지 못했다.

"어쩌면 중원으로 넘어오지 못하고 제 고향으로 돌아간 것인지도 모르지요."

호린대 대원 차우가 조심스레 의견을 내놓았다.

감숙에 들어온 지 열흘.

그동안 일행은 괴한들과 충돌을 벌인 적이 단 한 번도 없었다.

대주 남선도 차우의 말에 동의했다.

"차우의 말이 맞습니다. 감숙에 들어온 이후로는 칼집에서 칼을 꺼낸 적이 없습니다."

다른 이들도 동의하는 표정이었다. 개중에 막내는 벌써부터 다행이라는 표정을 짓고 있었다.

하지만 설파가 이에 제동을 걸었다.

"하나, 꼭 그렇게 생각하기는 힘들다. 만약 놈들이 우리가 무엇을 가지고 있는지 알고, 강호에서 더 큰일을 획책하고 있다면……."

호린대원들의 표정이 삽시간에 굳어졌다. 설파의 말이 사실이라면 그때는 정말 그들의 목숨을 장담할 수가 없다.

서장에서부터 마교의 영역권인 십만대산까지 추격했던 이들. 그만큼 끈질긴 놈들이 무슨 짓을 꾸민다면 그것은 절대 평범하지 않을 것이다.

"일단 이야기의 화제를 돌려보죠. 괴한들의 추격도 문제지만, 우리가 어떻게 하면 남직예까지 빠르고 간편하게 갈 수 있느냐가 관건이에요."

남궁린이 입을 열었다.

남선이 물었다.

"도보로 남쪽으로 이동해서 무산(巫山)에서 장강을 따라가는 배를 타는 것 아니었습니까?"

사실 그들의 계획은 서장에서 곤륜산맥으로 이동해 그곳에서 배를 타고 남직예까지 간다는 것이었다.

갈 때는 조심히 산보로 갔으니 올 때는 물의 힘을 빌어보자는 뜻이었다.

한데, 괴한들의 습격이 있으면서 그 계획이 저절로 바뀌게 되었다. 중원의 무산으로 가서 거기서 응천부로 가는 배를 타자고.

설파가 말했다.

"꼭 그리 간단하게 말할 것이 못 된다. 무산으로 가는 것이 쉽지도 않을뿐더러, 어쩌면 벌써 냄새를 맡은 이리들이 있을지도 모르지."

"흠."

강호에는 비밀이 없다. 예부터 내려오는 강호의 격언이다.

남궁세가의 무남독녀가 수하들과 함께 일 년 이상 중원을 떠났다. 무슨 냄새가 나지 않겠는가?

"그럼 어찌……?"

"용병단을 구할까 해요."

"그것이 더 이목을 집중시키지 않을까요?"

남선이 조심스레 묻자 남궁린은 빙긋 미소를 지었다.

"본래 중요한 물건을 움직일 때에는 다른 물건들 틈바구니에 넣어서 실어 나르는 법이지요."

"아!"

"그리고 이곳은 서역으로 떠나는 비단길이 놓인 곳. 이왕이면 상인이 좋으려나?"

"……!"

남선과 호린대는 눈을 부릅떴다.

그렇다. 이곳은 옥문관으로 통하는 길목. 서역 행상인들이 즐비한 곳이다. 남궁세가 소공녀가 일 년 이상 강호를 떠나 있었다? 쓰러져 가는 가문을 위해 장사를 하고 왔다는 말. 너무나 그럴싸하지 않은가?

"하면 물건은……."

"그것은 모두 조치해 놨으니까 걱정하지 마세요. 그렇죠, 설파?"

설파는 흐뭇하게 웃으며 고개를 숙였다.

"아가씨의 지혜가 하늘에 닿지 않았습니까?"

남선은 이제야 알 것 같았다.

괴한들이 언제 뒤를 쫓아올지 모르는 이 상황에서 어째서 소주와 설파가 열흘이나 이곳 돈황에 머물렀는지.

소혼이라는 작자의 치유를 위해서이기도 했지만, 강호의 이목을 없앨 방도를 마련키 위함이기도 했던 것이다.

'이분이 본가에 계신다면……!'

몸이 부르르 떨렸다. 여자는 삼종지도(三從之道)라 하여 혼인을 해버리면 남편과 아들의 사람이 되어버린다지만 남궁린은 달랐다.

천하를 아우를 만한 지혜, 그리고 현명함. 혼인을 하더라도 쓰러져 가는 가문을 다시 반석 위에 놓을 분인 것이다. 아들이 중요하다고 하나, 잘 키운 딸이 열 아들 부럽지 않은 것이다.

다만,

'소주의 남은 생애는 단 삼 년.'

'물건'이 주는 음한지기(陰寒之氣)는 생명줄인 선천지기를 서서히 얼리고 있다. 그것을 막아야만 했다.

그렇게 굵직한 사항을 정리하고 세부적인 내용까지 짜고 있을 무렵이었다.

갑자기 객잔의 문이 쾅! 하고 열렸다.

"이리 오너라!"

소란을 피운 것은 칠 척에 가까운 장신에 근육이 우락부락한 장한이었다.

눈이 부리부리한데다가 한 쪽 뺨에 상처가 깊은 것이 큰 인상을 주었다. 장한의 한쪽 손에는 족히 십 척은 될 법한 곤이 쥐여 있었다.

"무슨 일이십니까, 손님?"

한눈에 보기에도 잘못 건드리면 위험한 무림인이라는 것이 분명했지만, 점소이는 투철한 직업 정신(?)을 발휘하며 그에게 용건을 물었다.

"혹 이곳에 천상화가 있느냐?"

남궁린 일행의 시선이 문 쪽으로 향했다. 천상화는 남궁린을 가리키는 별호였다. 그녀의 외모는 어딜 가더라도 이목을 끄는 터라 남궁린은 특별히 제작한 인피면구를 덮어 미모를 가리고 있었다.

소혼이 처음 남궁린을 보고 나서 옛날의 미모와는 다른데도 놀라지 않은 이유는, 심안은 사물의 윤곽을 판별해 주지 그 미추의 여부를 구분하지는 못하기 때문이었다.

남궁린은 설파에게 눈짓을 해 탁자 위에 검지로 글씨를 썼다. 물건을 몸에 받아들이면서 무공을 잃었다. 따라서 전음도 사용하지 못했다.

나는 갑자기 왜 찾을까요?

설파는 고개를 저었다.
[잘 모르겠습니다.]

혹시 내가 그것을 가지고 있다는 것을 아는 걸까요?

[강호의 사람들도 아가씨에게 무언가가 있다는 냄새만 맡았지, 우리가 무엇을 찾아다녔는지에 대해서는 모를 것입니다. 물건에 대한 정체도 가주님과 아가씨, 저밖에 몰랐으니까요. 호린대도 출발하고 한참 후에야 사실을 알지 않았습니까?]

그래도 우리가 이곳에 있다는 것을 아는 것으로 보아서는 뭔가가 있는 게 분명해요. 공연히 소란만 일으킬 수 있으니까 우리는 이 일에 나서지 말도록 하죠.

[알겠습니다.]

설파는 남들에게 들키지 않게끔 살짝 고개를 끄덕이고는 대원들에게 전음입밀을 날렸다. 아가씨를 가리키는 말이 나와도 반응하지 말고 가만히 자리를 지키고 있으라는 내용이었다.

남선을 비롯한 대원들은 살짝 고개를 끄덕이는 것으로 답을 대신했다.

객잔으로 찾아온 장한과 점소이의 대화가 계속되었다.

"저희 객잔에는 그런 요리가 없습니다만……."

천상화를 요리로 착각했는지, 점소이가 손을 파리처럼 비비며 헤, 하고 웃었다.

장한은 성이 잔뜩 난 몰골로 곤으로 땅바닥을 강하게 두어 번 내리쩍었다.

"요리 천상화 말고 진짜 천상화 말이다!"

버럭 소리를 지르자 객잔 안 사람들의 이목이 장한에게로 쏠렸다. 강호칠화 강남제일미가 이곳에 있다 하니 놀랄 수밖에 없었다.

하지만 장한은 그 이목을 거부했다.

"뭘 봐?"

"……"

사람들은 머리를 푹 숙이고서 제 할 일을 마저 했다. 일반 민초가 강호무림의 일에 연루되어서 좋을 일은 하나도 없었다.

"다시 묻겠다. 천상화는 어디에 있지?"

점소이는 고개를 절레절레 흔들었다.

"모릅니다."

"모른다?"

장한이 더욱 인상을 찌푸리자, 점소이는 거의 울 듯한 얼굴로 변했다.

"예. 그렇게 아름다우신 분이 객잔을 방문하셨더라면 제가 어찌 모르겠습니까."

"흠, 그렇단 말이지."

장한은 피식 웃음을 터뜨렸다.

"모습을 감추었다는 말이렷다? 하지만 분명 이 근방에는 이 객잔밖에는 없으니 이곳에 있는 것은 확실하고."

일순, 장한의 눈동자 위로 살기가 번뜩였다.

"그렇다면 나오게 하면 될 일이지."

"예? 그게 무슨 뜻이신지?"

"강남제일미(江南第一美)는 협의지도의 정신이 투철하다지? 그렇다면 그 협의지도의 정신이 깨어나도록 하면 되지 않은가."

장한은 점소이를 쳐다보았다. 장한이 거구에 해당하기에 점소이는 올려다보는 꼴이었다. 한데, 마주치고 있는 눈동자가 왠지 꺼림칙했다. 칙칙하고 소름이 돋는 기분. 점소이는 저도 모르게 움찔 뒤로 물러났다.

그 순간, 남궁린이 소리쳤다.

"위험해요!"

"……?"

점소이가 무슨 뜻인지 몰라 남궁린이 있는 쪽으로 돌아보려는 순간,

퍽!

점소이의 머리가 터져 버렸다. 그 위로 장한의 곤이 뇌수와 핏물에 범벅이 된 채로 있었다.

"꺄아아악!"

"사, 살인이다!"

하루에도 수십수백이 죽어나가는 강호에서 사람이 죽는 것은 별것 아닌지 모르나 민초들에게는 다르다. 평범한 일상을 살아가는 그들에게 있어 살인은 원초적인 공포를 끌어올리게 한다.

삽시간에 객잔은 아수라장이 되어버렸다. 하지만 장한은 이를 억눌렀다.

쿵!

곤이 땅바닥을 강하게 내리찍었다.

"지금부터 주둥아리를 벌리는 자는 이놈처럼 만들어주지!"

"……"

"나의 이름은 모패산이다. 이 감숙 땅에서 내 명성 정도는 들어봤겠지? 모두들 가만히 앉아서 내 말대로 고분고분 따르

는 것이 좋을 거다. 그렇지 않으면… 알지?'

장한은 비소를 흘리며 손바닥으로 제 목을 긋는 시늉을 했다. 더 이상 객잔 안에서 소리를 지르는 사람은 없었다.

죽는 것도 무서웠지만, 감숙에 사는 이들은 모패산이 가지는 악명을 누구보다 잘 알았다. 흉곤마(兇棍魔). 그것이 모패산의 별호다.

"지금부터 삼층, 이층, 투숙객 가릴 것 없이 모두들 이곳 일층에 집합한다. 일각 안으로 모두들 모이지 않을 시에는 제일 위에 있는 놈들부터 죽인다. 위에 동료들이 있다면 빨리 불러오는 게 좋을 거야."

"……!"

사람들은 저마다 놀라며 제 일행을 부르기 위해 올라가기 시작했다.

그 뒤로 흉곤마 모패산의 경고가 들렸다.

"아참, 창문을 통해 빠져나간다거나 하는 놈은 얼마 가지 못해 사지가 몸뚱어리와 분리될 거야. 밖에 내 동료들이 있거든."

사람들은 몸을 부르르 떨었다.

흉곤마의 악명, 그리고 흉성. 그 공포가 지금 객잔 위에 도래했다.

"저런 나쁜……!"

호린대 대원 중 한 명인 차우가 제 검을 들며 자리에서 일어나려 했다.

하지만 남선이 이를 막았다. 손을 뻗어 차우를 일어나지 못하게 했다.

"대주, 어째……!"

[일단 앉아라.]

"하지만……."

[조용히 하고 앉아라.]

"……."

차우는 털썩 자리에 주저앉았다.

[화가 나느냐?]

[그렇지 않다면 제가 무인이겠습니까?]

차우가 화를 내자 남선은 희미하게 미소를 지었다. 위험하다는 것을 알면서도 불의를 참지 못하고 일어나는 모습. 정파인이라면 당연히 가져야 할 협의지도가 느껴진 탓이었다.

하지만 협의지도도 때로는 정로가 아닌 이로(異路)를 걸어야 하는 법이었다.

[지금 네가 나서면 우리는 큰일에 휘말리고 만다. 상대의 정체가 무엇인지, 우리를 찾는 이유가 무엇인지, 적이 몇 명이나 되는지 전혀 아는 것도 없는 상태에서 섣불리 움직였다가는 그동안 감숙에 와서 설파와 소주가 쌓은 노력이 물거품이 되는 게야.]

[……]

[나도 당연히 화가 난다. 나 역시 무도를 배우고 검을 손에 쥔 무인이다. 하지만 공연히 나서서 일을 걷잡을 수 없이 큰 혼란으로 몰고 갈 수도 없는 일이지 않느냐?]

차우는 고개를 살며시 끄덕였다.

[제, 제가 생각이 짧았습니다.]

[아니다. 지금이라도 내 마음을 알아주니 고맙구나.]

남선은 차우가 안심할 수 있게끔 평온한 표정을 지어 보였다. 대주를 믿는다는 듯이 차우는 고개를 마주 끄덕였다.

하지만 다시 모패산으로 향하는 남선의 눈길에는 차우에게 한 말과는 다르게 착잡함이 어렸다.

'저 모패산이라는 사파인, 대체 어디서 나타난 거지? 그리고 우리가 이곳에 투숙하고 있다는 사실은 어떻게 안 것이고?'

의문이 꼬리에 꼬리를 물었다.

모패산은 좌중을 쭉 훑어보는 중이었다.

이층과 삼층에 있던 이들까지 모두 내려온 상태. 기감을 펼쳐 보니 위쪽에는 아무도 없는 듯했다.

이곳에 있는 이들의 숫자는 자신을 제외하고는 총 서른일곱.

이중에서 강남제일미와 그 수하들이 있다고 하는데, 정말 그들이 이곳에 있는지가 의문이었다.

'정말 이곳 맞는 거야?'

몇 개월 전부터 강호에는 천시가 나타났다는 소문이 널리 알려진 상황이었다.

남궁세가의 공녀 강남제일미 천상화가 직접 서장으로 가서 천시를 가지고 왔다는 내용, 그리고 그들은 감숙을 통해 귀환할 예정이라고 구체적인 사항까지 알려졌다.

누군가가 고의로 퍼뜨린 것이 틀림없는 악질적인 내용이었지만, '천시'라는 단어는 강호인들의 이목을 끌 수밖에 없었다.

강호인들이 감숙으로 모이기 시작했다. 개중에는 승부사인 낭인도 있었고, 각 성에서 제법 이름을 날린다고 하는 고수도 있었으며, 명문정파의 제자들도 있었다. 은거기인, 백대고수 등 너나 할 것 없이 수많은 이들이 집결했다.

오로지 천시라는 단 두 글자 때문에.

하지만 강남제일미가 언제 어떤 모습으로 감숙에 오는지는 알려져 있지 않았다.

그래서 모패산과 그 일당도 천시가 떴다는 말만을 학수고대하며 기다렸다.

그러던 중 일당의 귀에 한 가지 정보가 접수되었다.

강남제일미가 이미 감숙으로 넘어와 돈황의 어느 객잔에서 투숙하고 있다는 내용이었다.

진위 여부부터 판별해야겠지만, 믿을 수 있는 소식통이라는 일행의 말에 모패산이 이렇게 몸소 나타난 것이다.

'이곳에 있는 게 맞겠지. 아니어도 상관없고. 어차피 그동안 공동파 놈들 때문에 골치가 아팠는데 화 좀 풀고 간다고

생각하면 될 일이다.'

생각을 정리한 모패산은 곤을 들어 올려 땅을 쿵쿵 내리찍었다.

"다 모인 것 같으니 말하겠다. 지금 이곳에 천상화와 그 일행이 있다는 것을 안다. 셋을 셀 테니 나와라."

흡사 포졸이 도망치는 도둑놈에게 '게 섯거라!' 하고 말하자 도둑놈이 '예, 나리' 라고 답하며 멈춰주는 것과 다를 바 없는 요구였지만, 모패산은 신경 쓰지 않고 숫자를 하나둘씩 헤아렸다.

"하나."

아무도 움직이지 않았다.

"둘."

홍곤마가 하는 일의 끝에는 항상 피바람이 분다. 사람들의 눈동자가 뱅그르르 돌아가기 시작했다. 이곳에 놈이 찾는 사람이 있거나 그에 대해서 아는 사람이 있다면 빨리 나오라는 신호였다.

하지만 역시나 움직이는 사람은 없었다.

"셋."

마지막 숫자가 떨어졌다. 모패산의 곤이 움직이는 것은 바로 그때였다.

"내 말을 졸로 안다, 이거지?"

퍽!

모패산의 바로 앞에 있던 남자의 머리가 점소이와 같이 가볍게 터져 나갔다. 옆에 있던 연인으로 보이는 여인이 비명을 질렀다.

"꺄아아악!"

"시끄러!"

모패산은 인상을 찌푸리며 다시 곤을 놀려 여인의 머리를 터뜨리고 말았다. 객잔 안이 다시 조용해졌다.

"다시 숫자를 세겠다. 셋을 셀 동안 나오지 않는다면 또 누가 죽을지 모른다. 아니, 기분에 따라서는 둘이 되었을 때 누군가가 죽어 있을지도 몰라."

명백한 협박이었다, 가만히 있다면 계속 일반 민초들을 죽이겠다는.

남궁린은 몸을 부르르 떨었다. 자신 때문에 죄없는 민초들이 죽어간다. 아까운 생명들이 스러진다.

생면부지지만 목숨이 위태롭던 소혼에게 청정단까지 내줄 정도로 마음이 선한 그녀다. 이 장면을 보지 않고 어찌 화를 삭일 수 있을까. 하지만 설파는 자신의 작은 주인을 말렸다. 모패산의 용건을 알기 전까지는 아가씨를 위험으로 내몰 수 없었다.

"하나."

다시 숫자가 떨어지고,

"둘… 셋."

다음 사람이 죽을 위기에 놓였다.

"없나 보군."

모패산은 짧게 중얼거리며 곤을 높이 치켜세웠다. 그 밑에 있는 사람이 살기 위해 눈물 콧물을 다 흘렸지만 모패산은 눈 하나 깜빡하지 않았다.

"천상화를 원망해라."

"끄아아아악!"

횡!

곤이 남자의 머리 위를 강타하려는 찰나, 남궁린이 설파의 제지를 뿌리치고 일어섰다.

"아가씨!"

안타까워하는 설파의 목소리를 뒤로하고 남궁린이 자리에서 일어났다.

"여기에 있어요! 당신이 찾는 남궁린, 여기에 있으니 손을 거두세요!"

모패산은 곤을 휘두르다 말고 남궁린을 쳐다보았다.

까맣게 탄 살갗, 뭉툭한 코. 잘 봐주어야 평범하다는 느낌이 드는 곰보 소녀였다. 모패산의 얼굴이 찡그려질 수밖에 없었다.

"아이야, 지금 장난치느냐? 천상화, 강남제일미라는 명호가 우스워 보여? 지상에 있을 수 없는 꽃이다 하여 천상화고, 장강 아래로 제일 아름답다 하여 강남제일미다. 몸매는 반반

하다만 네깟 계집년이 남궁가 계집이 될 수 없……."

모패산이 말을 하는 도중에 남궁린은 자신의 얼굴을 잡아 뜯어냈다. 사람 얼굴 가죽이 벗겨지는 듯해 끔찍했지만, 면구가 사라진 자리에는 백색 옥결만이 남아 있었다.

애벌레가 나비로 변태하듯 변방 오지의 산골 곰보 소녀가 아름다운 주나라 서시가 되는 것은 순식간이었다.

갸름한 턱 선, 우유를 뿌린 듯한 백옥의 살결, 붉은 입술이 세상을 희롱하는 듯하고, 남자를 현혹하는 우수에 젖은 눈동자가 하늘 아래를 비춘다.

강남제일미, 천상화, 경국지화(傾國之花), 내양귀비(來楊貴妃) 등 수많은 수식어를 달고 있는 여인.

하지만 그녀를 상징하는 이름은 하나다.

남궁린.

천시를 가슴에 품었다.

천음절맥의 음한지기가 그녀의 아름다움에 요기와 미기를 더하고 있었다.

모패산은 그녀의 미모에 홀려 자신이 할 일을 까마득하게 잊어버린 상태였다.

남궁린은 고고하고 지적인 모습과는 전혀 상반된, 서릿발 같은 기세로 외쳤다.

"당장 거기서 손을 거두지 못하겠어요!"

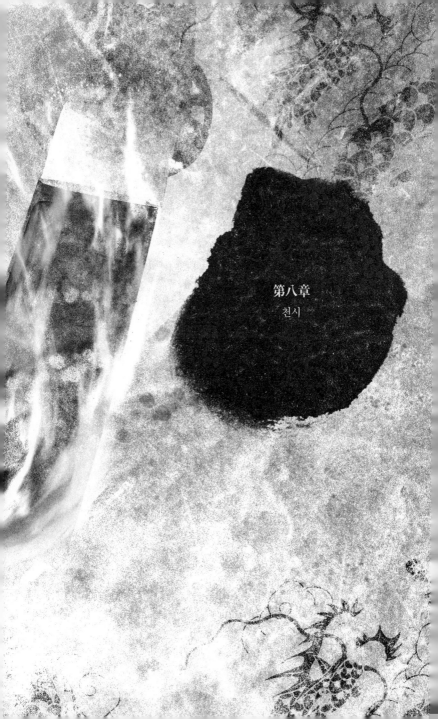

第八章
천시

神刀無雙
신도무쌍

"어? 흠! 흠!'

한참 후에야 모패산은 자신이 계집에서 홀렸다는 것을 깨닫고 헛기침을 했다. 하지만 눈을 드문드문 남궁린에게 향하는 것이 이미 마음이 빼앗긴 것이 틀림없었다.

"네가 남궁린이라는 계집이냐?"

"그래요. 그러니까 손길을 거두세요. 이 사람들에게는 죄가 없잖아요."

모패산은 흐뭇하게 웃었다. 하지만 남궁린은 등골이 오싹해지는 것을 느꼈다.

"죄가 없다? 뭐, 나 같은 사파인이 언제 그런 것을 따지고 살인을 했었나? 큭큭, 여하튼 하나만은 약조해. 그럼 다른 사람들은 살려줄 테니."

남궁린은 그 '약조'가 무슨 내용인지 알 것 같았다. 하지만 짐짓 모르는 척 시치미를 뗐다.

"뭐죠?"

"천시, 그리고 너."

"......!"

모패산은 손가락으로 남궁린을 가리켰다. 남자가 가진 본능 중 하나는 아름다운 여자를 품에 안는 것. 그는 천시를 얻는 것과 동시에 강남에서 제일 아름답다는 꽃을 꺾고 싶은 충동에 빠졌다.

한편, 남궁린은 충격을 먹은 얼굴이었다.

녀석이 자신을 원해서 그런 건 아니다. 여태껏 살아오면서 자신의 미모로 인해 벌어진 소동은 한두 번이 아니니까. 하지만 모패산이 가리킨 말이 그녀에게 충격으로 와 닿았다.

천시!

그 이름을 어떻게 저 사람이 알고 있는 거지?

스르르릉!

"네 이놈! 예가 어느 안전이라고 주둥이를 함부로 놀리는 것이냐!"

남선과 대원들이 남궁린을 호위하듯이 에워쌌다.

모패산의 접근을 방해하기 위함이었다.

"역시 꽃에는 가시가 있어야 따는 맛이 있지. 이 흉곤마 모패산이 이 나이에 무슨 행운이 있어 천하제일무공과 천하제일미녀를 동시에 안는단 말인가! 으하하하!"

"이놈! 닥쳐라!"

남선을 비롯한 호린대를 자신의 적수로 여기지 않는다는 뜻이었다.

하지만 모패산에게는 그런 오만방자한 말을 할 자격이 있었다. 비록 신주삼십이객에는 들지 못했지만, 강호백대고수에는 능히 드는 것이 그이기 때문이었다.

하나, 그런 모패산도 한 수 접고 가야 할 위인이 있었다.

"모패산, 안 보는 동안 많이 컸구나!"

자리에 앉아 있던 노파가 일어났다. 처음에는 힘없는 평범한 할망구라고 생각했지만, 눈빛을 마주치는 순간 그런 생각이 싹 사라져 버렸다.

"설마… 설영?"

"이 늙은이의 별호를 아직도 기억하고 있구나. 제아무리 오만방자하게 굴어도 지난 대설산에서의 일은 잊지 않았나 보지?"

"흠!"

모패산은 인상을 찌푸렸다. 설영. 지금은 설파라 불리는 노파와의 젊었을 적의 악연이 떠오른 탓이었다.

"일월문(日月門)의 외동딸이었던 당신이 어째서 천상화와 같이 있는 것이오?"

제천궁이 강남을 석권하기 전, 강남에는 세 개의 커다란 사도 계열 문파가 있었다. 지금은 비록 뿔뿔이 흩어져 명맥만 겨우 유지하고 있는 사도지만, 그때는 구파일방의 정도맹에 대적할 만큼 쟁쟁한 실력을 지녔었다.

그들을 통틀어 사도삼세라 불렸고, 그중 일월문은 절강과 복건성을 중심으로 활동했다.

모패산은 지금 감숙에서 활동하고 있지만, 젊었을 때에는 일월문에 몸을 담은 적이 있었다. 그래서 설영, 아니, 설파를 기억하는 것이다.

"이미 오래전에 사라진 옛 문파 따위를 그리면 뭣 할까? 나는 지금 이 모습에 만족하고 있거늘."

"하! 일월문의 무남독녀가 다 쓰러져 가는 가문의 문지기가 되었다니, 세상이 비웃을 것이오!"

"닥쳐라, 이놈! 너에게는 어떻게 보일지 모르나 가족을 잃고 방황하던 나를 따뜻하게 맞이해 준 이들이 바로 남궁세가다! 이제 나에게는 이들이 가족이다!"

"큭, 그것이 아니라 다 쓰러져 가는 사도의 기둥에 앉아 있기가 싫어서 정도로 전향한 것이겠지."

"이놈이……!"

"뭐, 아무래도 좋소. 나는 내가 원하는 것만 챙겨 가면 될 일이니."

"네놈 따위가 찾는 물건은 우리에게 없다."

"그것은 당신 생각이고, 그보다 천시는 어디 있소? 천상화가 서장에서 어렵게 구해서 가져왔단 사실을 알고 있는데."

모패산은 남궁린의 몸을 위아래로 훑어보았다. 마치 뱀이 먹이를 보는 듯한 눈빛이어서 남궁린은 수치심에 몸을 부르르 떨었다.

모패산은 '쳇, 아깝군. 저 늙은이만 없었더라면' 이라고 작게 중얼거린 뒤 손을 앞으로 내밀었다.

"이십 년 만에 설영을 만났으니 내 천상화는 포기하겠소. 하지만 천시는 안 되오. 내놓으면 이들의 목숨은 살려드리리다."

설파는 눈에 불을 켰다.

손녀처럼 키운 남궁린을 물건 취급하는 태도나 그들이 목숨을 걸고 얻어낸 천시를 제 물건처럼 여기는 모습은 그녀로서는 절대 참을 수 없었다.

"장난하느냐? 우리는 서역에 가서 장사를 하고 오는 길이다. 천시? 일신무총으로 가는 열쇠라면 우리와는 전혀 상관없으니 썩 꺼져라!"

"하! 일신무총의 열쇠라니? 나는 그저 당신들이 옛 송나라 황제들이 썼다는 천시관(天翅冠)을 내놓으라는 의미였는데, 다른 천시를 가지고 있는 모양이오?"

능글맞게 웃는 모패산의 모습에 설영은 결국 분기를 토하고 말았다.

"이노오오옴!"

"아이쿠! 그 나이에 열을 내면 뒷목 잡고 쓰러질지도 모르는 일이오. 만약 설영이 쓰러져도 나는 모르는 일이니 참견 마시오. 엣헴!"

설영은 화를 억누르지 못하고 빙한신공(氷寒神功)의 기운을 끌어올렸다.

쏴아아아!

객잔 안이 마치 북해의 빙설처럼 차가워졌다. 겨울이 얼마 남지 않았는데 시간대를 잊고 벌써 찾아온 것 같았다.

"훗. 노인네, 예나 지금이나 정정한 것은 똑같군."

"한 번만 더 입을 놀렸다가는 그 주둥이를 내 손으로 찢어 버리고 말 것이야."

"할 수 있다면."

모패산은 이상하게도 계속 능글거렸다. 설파가 신주삼십 이객과 비교해도 뒤지지 않는 초절정고수라는 것을 잘 알면서도. 혹시 믿는 구석이 있는 건가?

그가 밖에 동료들이 있다고 말했던 것을 떠올린 남궁린은 설파를 말렸다. 어찌 되었든 지금 싸움을 벌이는 것은 현명한 판단이 되지 못했다.

"설파, 화를 죽여요."

"하지만 아가씨……."

"이런 좁은 곳에서 무공을 펼치게 되면 사람들만 다치게 돼요. 그러니까……."

"알겠습니다."

설파는 기운을 거둬들였다. 하지만 살의만은 여전히 모패산에게 향해 있었다.

'정말로 큰일 날 뻔했군.'

동료들을 부르기도 전에 당할 뻔했다는 것을 직감적으로 깨달은 모패산은 조용히 가슴을 쓸어내렸다. 설파가 얌전해졌으니 이제는 천시를 빼앗을 차례였다.

모패산의 시선이 남궁린에게로 향했다.

"다시 말하지. 천시를 내놔라."

"설파가 말했듯이 저희들은 비단길을 통해 서역과 거래를 하고 오는 길이에요. 그런데 천시라니요? 저희들로서는 금시초문입니다만."

"왜 이래, 초보같이? 이미 너희들이 천시를 얻기 위해 서장으로 갔었고, 거기서 일신무총을 여는 열쇠를 얻었다고 강호에 소문이 쫙 깔렸는데."

일순, 남궁린의 표정이 살짝 굳어졌다. 다시 웃는 표정으로 돌아왔지만, 강호에서 산전수전 온갖 역경을 다 겪은 모패산의 눈을 피할 수는 없었다.

"다시 말하지만 저희들로서는 금시초문이에요. 천시? 그런 것이 있다면 정말 좋겠네요. 그렇지 않아도 가문이 많이 힘든

데, 일신의 무공이 있으면 사정이 조금 나아지지 않을까요?"

"말했지만 강호에 이미 소문이 쫙 퍼졌어. 벌써 전국에서 감숙에 모인 무인 숫자만 해도 오천이 넘는다. 지금도 하루가 다르게 그 숫자가 늘어나고 있지. 일만이 넘는 것도 금방일걸?"

"당신은 강호의 소문을 믿나요?"

"믿지 않아. 하지만 내 정보는 믿지."

모패산은 손으로 제 머리를 톡톡 두들겼다.

"요즘은 세상이 이상해서 나쁜 짓도 정보를 봐가면서 해야 되거든. 나는 여태껏 그 정보 덕분에 손해를 본 적이 한 번도 없어. 그리고 지금 그 정보가 너희들에게 천시가 있다고 말하고 있어. 너희들이 여기에서 투숙하고 있다는 것도 알아내지 않았나. 어때?"

"……"

남궁린은 모패산에게 보이지 않게 주먹을 살짝 쥐었다. 이대로 넘어가게 되면 정말 천시가 자신에게 있다는 것을 들키게 된다.

그것을 막아야 하는 게 그녀의 의무지만 한편으로는 '어째서?'와 '어떻게?'라는 두 고민이 머리를 가득 메웠다.

분명 남궁세가의 공녀가 중원을 떠났다는 것은 커다란 화제다. 하지만 그것이 곧 '천시를 가져갔다'는 내용과 일맥상통하진 않는다.

그리고 그녀는 옥문관을 통과한 이후로 단 한 번도 인피면구를 벗지 않았다. 무사들도 무공을 숨겼다. 그것은 곧 그들이 이곳에 있다는 것을 알고 있는 이가 없어야 한다는 말과 동일했다.

그런데도 모패산은 당연하다는 듯이 객잔을 찾아왔고, 천시를 내놓으라고 한다.

이 일엔 두 가지 경우가 있다.

첫째, 그들 일행에서 정보를 흘린 자가 있다.

'그도 아니면 그들이 강호에 소문을 퍼뜨렸을 수도!'

전자는 만약의 사태를 대비해 이인 일조로 행동하여 서로를 감시하게 했기에 두 명이서 동시에 짜지 않은 이상에는 불가능하다. 그리고 명문세가가 가지는 이름은 절대 가벼운 것이 아니기에 배신자가 나올 가능성은 적었다.

그렇다면 후자라는 뜻인데. 그렇다면 역시나 그 괴한들이 저지른 일일까? 그럼 그들은 왜 여태껏 자기들이 천시를 빼앗을 생각을 하지 않다가 이제야 강호에 그 소문을 흘린 것일까?

머리가 복잡해진다.

지금은 무엇이 옳고 그른지조차 판단할 수 없었다.

심지어 영원히 자신의 편이라고 생각했던 설파와 남선까지 의심이 갈 정도였다.

'여기서 무너져서는 안 돼!'

남궁린이 마음을 다잡고 있을 무렵, 모패산이 그녀가 있는 곳으로 저벅저벅 걸어왔다.

"그럼 이제 내놓으실까?"

"꺼져라! 어느 안전이라고 가까이 오는 것이냐!"

남선은 버럭 화를 내며 모패산에게 검을 겨누었다.

모패산은 걸음을 멈추고 남선의 얼굴을 이리저리 뜯어보았다.

"제법 강직한데? 제 주인을 위해서라면 죽음도 불사하겠다는 건가? 충심? 너, 이름이 뭐지?"

"의기하검(義氣夏劍) 남선이다!"

"다 쓰러져 가는 남궁가에 유일하게 남은 고수가 몇 있다더니, 그중에 하나가 너인가 보구나? 그런데 너무 정파의 냄새가 나. 그게 싫어. 조금 융통성있게 사는 게 어때?"

"닥쳐라! 한 발자국만 더 가까이 온다면 너의 목을 칠 것이다!"

"해봐."

모패산은 남선의 고함에도 아랑곳하지 않고 걸음을 옮겼다.

동시에 남선의 검이 공간을 갈랐다.

챙!

검과 곤이 마주 돌며 아래로 안착한다.

모패산은 뜻밖이라는 표정을 지었다.

"제법인데?"

모패산은 공력을 더 높이 끌어올려 공격을 감행했다. 그의 곤은 장병에 어울리지 않게 빨랐다.

남선은 곤이 궤적을 그릴 때마다 검으로 막으려 했지만, 겉으로 보기에도 모패산이 그를 가지고 노는 것으로밖에는 보이지 않았다.

휘리리릭!

장곤과 검이 공중에서 한 바퀴 회전하다가 위로 솟더니 모패산은 곤을 아래로 당겨 남선의 가슴을 쳤다.

퍽!

"컥!"

마지막 일격에는 경력(勁力)의 묘리가 숨어 있었다. 남선이 피를 토하며 뒤로 물러나자 다른 호린대 대원들이 일제히 달려들었다.

"이놈!"

"감히 대주님께!"

차우를 비롯한 세 명의 합격술이었다. 하지만 모패산에게는 그것이 남선을 상대하는 것보다 더 쉬워 보였다.

"약해."

깡! 깡! 깡!

장곤을 한 바퀴 돌리자 세 개의 검이 거미줄처럼 얽혀들었다.

차우와 일행의 얼굴이 흑빛으로 변하는 순간, 모패산은 장곤을 회전시켰다.

휭!

"컥!"

비명 소리가 동시다발적으로 터지면서 그들은 뒤로 튕겨
났다.

다행히 흥곤마답지 않게 손속에 사정을 담아 목숨을 잃지
는 않았지만, 이렇게 쉽게 당한 것만으로도 호린대에게는 치
욕이나 다름없었다.

모패산은 남궁린에게 한 발자국 다가가면서 음흉하게 웃
었다.

"가까이서 보니 더 아름다워. 천시를 포기하고 싶을 만큼
아름다운데?"

남궁린은 아랫입술을 깨물었다.

'무공만 잃지 않았더라면!'

창궁무애검법과 제왕검형을 팔성 이상이나 익혔었기에 남
궁린은 너무나 안타까웠다. 만약 천시만 몸에 받아들이지 않
았더라면 이런 치욕을 겪지 않고 호린대도 고생하지 않았을
텐데.

"이놈!"

그때, 설파가 한음수(寒陰手)를 펼치며 모패산의 머리를 노
렸다. 모패산은 퇴보를 밟아 공격을 피해냈다.

"헛!"

설파가 헛기침을 내는 동안 모패산은 다시 능글맞게 웃었다.

"미안하지만 설파의 상대는 내가 아니오."

"뭐야?"

"형제들, 언제까지 보고만 있을 건가? 혼자서 이렇게 노는 것도 이젠 지겹다고."

모패산이 공중을 보며 말하자 갑자기 객잔 여기저기의 창문이 깨지면서 괴한들이 뛰어들었다.

그들은 제각기 다른 모양새의 다른 병기를 쥐고 있었는데, 개중 폭이 매우 좁은 검을 가진 이가 가장 날카로운 기도를 자랑했다.

"네가 자리를 만들기만 기다리고 있었다."

설파의 눈이 놈에게로 향했다.

고수는 고수를 알아본다고 했던가. 설파는 모패산이 부른 이가 자신과 비교해도 절대 뒤지지 않을 만큼의 실력을 지녔다는 것을 깨달았다.

"사혼자검(邪魂刺劍)?"

"호오, 나를 알고 있다니, 이거 영광이오."

사혼자검은 말과는 달리 턱을 들며 오만한 자세로 말했다.

모패산의 일격에 의해 쓰러졌던 남선이 허망한 목소리로 입을 열었다.

"그럼 설마 사혼팔마(邪魂八魔)가……!"

모패산이 히죽거렸다.

"정확하게는 시혼구마(邪魂九魔)지. 내가 둘째로 들어갔거든. 안 그래, 자검?"

사혼자검이 인상을 찌푸렸다.

"네놈은 형을 모시는 방법부터 다시 배워야겠다."

"뭐, 어때? 상관없잖아? 나이는 그래도 내가 두 살이나 더 많은데."

그의 너스레에 결국 사혼자검이 피식 웃음을 터뜨리고 말았다.

"그래, 상관없겠지. 지금 우리에게 중요한 것은……."

사혼자검의 눈길이 남궁린에게로 향했다.

"일신무총으로 가는 열쇠를 얻는 것이니까."

"그렇게 대놓고 떠들어 버리면 소문이 쫙 퍼지고 만다고."

"이미 네놈이 다 퍼뜨리지 않았나. 그리고 들은 귀야 다 찢어버리고 입은 부숴 버리면 그만."

모패산이 화답했다.

"그래, 죽이면 그만이지."

그가 잔인하게 웃었다.

"동생들, 심심하지? 다 죽여."

대답은 없었다. 하지만 동생이라 불린 다른 칠마가 모두 자리를 박차며 모패산의 명을 이행하기 위해 움직였다.

개중에는 은사를 빼 드는 녀석도 있었고, 자검과는 다른 태검을 든 녀석도 있었다. 모두 다른 병장기를 들었지만 한 가지만은 확실했다. 그들의 눈가에 살기가 충만하다는 것.

사도삼세 요하궁(遙賀宮)의 후예로서 정마대전 기간 동안 낭인으로 살며 이름을 떨친 이들, 사혼팔마. 그들은 하나하나가 일류 이상의 실력을 지닌 진짜 낭인이었다.

여덟 명이 항시 같이 움직이고 항시 같이 칼을 휘두르기에 한 몸으로 평가된다.

특히 그들의 대형인 사혼자검은 신주삼십이객에 포함되는 실력파였다. 그들이 등장했으니 어찌 놀라지 않을 수 있을까.

"막아!"

남선은 사람들의 피해를 막기 위해 수하들에게 명을 내렸다.

하지만 이미 몸을 떨고 있는 사람들의 머리 위로 살육의 그림자가 드리워진 뒤였다.

퍽!

"꺄아아아악!"

콰득!

"커억!"

남궁린 일행을 제외하면 모두 서른을 조금 넘기는 인원. 많다 할 수 있었지만 그들이 모두 죽는 시간은 단 삼 초가 채 되지 않았다.

그 와중에 놈들의 진로를 방해하려던 호린대 대원 중에서도 희생은 있었다.

"방해하는 놈이 있으면 다 죽여."

"명에 따르죠."

사방에 칼바람이 불며 핏물이 땅바닥에 흘렀다.

"컥!"

"막내야!!"

"대, 대주님……!"

사혼구마 중 넷째인 팔괴마(叭怪魔)의 손에 호린대의 막내가 꼬챙이처럼 꿰여 버렸다. 남선이 그를 불렀지만 이미 막내는 숨을 거둔 뒤였다.

"이놈들!"

설파가 버럭 소리를 지르면서 팔괴마에게 한음수를 휘둘렀다. 하지만 그녀의 공격은 성공을 거두지 못했다.

챙캉!

사혼검마가 그녀의 수공을 막아낸 것이다.

애검인 사자(死者)를 쥐고서 사혼검마는 비소를 흘렸다.

"선배는 제가 상대해 드리지요."

"용서치 않겠다!"

채채채챙!

일월문의 날카로운 얼음 칼과 요하궁이 탄생시킨 낭인의 검이 충돌한다.

파바바방!

객잔은 이미 피로 얼룩진 지 오래였다.

"아아……!"

남궁린은 오열을 토했다.

마치 자신의 일인 양 그녀의 머리는 백지, 즉 공황 상태였
다.

남선은 사혼팔마—모패산까지 합해서 사혼구마—의 다섯—그
러니까 여섯—째인 요채(曜彩)를 상대하면서 남궁린에게 다가
오는 놈들을 경계했다.

그때에 남선의 귓가로 설파의 전음이 들렸다.

[대주! 어서 빨리 아가씨를 데리고 이곳을 피신해라!]

[하지만……!]

[나는 얼마든지 이곳을 빠져나갈 수 있다. 하지만 아가씨는
힘들지 않느냐!]

설파는 평상시에는 꺼내지도 않던 빙한참(氷寒斬)까지 사
용해 가며 사혼자검을 상대하고 있었다.

둘의 승부는 막상막하.

절대위를 넘보는 초절정의 고수답게 그들의 격전은 치열
하다 못해 화려하기까지 했다.

남선은 결국 설파의 말을 들어야 했다.

'반드시 살아 돌아오십시오!'

남선은 분루를 삼킨 채 자신이 펼칠 수 있는 최고의 초식

만리창창(萬里蒼蒼)을 펼쳐 요채의 팔을 날려 버렸다.

퍼걱!

"크어어억!"

"요채야!"

다른 형제들이 요채의 부상을 알고 소리치는 순간, 남선은 남궁린에게 몸을 날리며 그녀의 허리를 한 팔로 안았다.

"옥체에 손을 대는 것을 용서해 주십시오, 소주."

"남선……!"

남선은 객잔 밖으로 몸을 날렸다.

와장창창!

창문이 깨지는 것을 감안하며 남선은 전력을 다해 경공을 펼쳤다. 그의 몸이 바람이 되어 대로변을 질주했다.

"놈이 도망친다! 천상화에게 천시가 있다! 쫓아라! 쫓아야만 한다!"

모패산은 고래고래 소리를 질렀다. 사혼자검과 두 명만이 남고 모패산과 세 마인이 남선의 뒤를 쫓았다. 개중에는 피가 뚝뚝 흐르는 팔을 지혈시킨 요채도 있었다. 이를 막기 위해 호린대가 검진을 펼치며 달려들었다.

채채채쟁!

현란하게 터지는 금속음과 함께 객잔이 밑단부터 조금씩 무너지기 시작했다.

*　　　*　　　*

저녁.

밝았던 하늘은 어느새 뉘엿뉘엿 해가 저물며 금색으로 변하기 시작했다. 어린아이가 소변을 본 것처럼 노랗게 물든 하늘을 보면서 유삼을 입은 중년인, 유사가 수하에게 물었다.

"준비는 어떠한가?"

"다 되었습니다."

"돈황 쪽 상황은?"

"사혼팔마와 흉곤마가 남궁린 일행을 덮친 것 같습니다. 이에 의기하검이 천상화를 업고 대로변을 질주하기 시작했다는 보고입니다."

"차질없이 진행시키도록. 특히 의기하검은 남궁가에서도 머리가 좋기로 유명하다네. 대로변에서 언제 소로로 빠져서 몸을 숨길지 모르니 각별히 주의하게. 그리고 꼭 옥문(玉門) 쪽에서 군웅들과 마주치게 해야 하네."

"존명."

"남궁린이 어떤 존재가 되어야 하는지는… 잘 알고 있겠지?"

"이미 수하들에게도 그리하도록 지시해 놓았습니다."

"잘했다. 우리에게 중요한 것은 강호의 혼란이지 일신무총 따위의 잡기가 아니니 명심하도록 하게."

"존명."

"그럼 가보게."

슉.

청영(靑影)이 부복하며 사라졌다. 그의 신출귀몰함에 유사
는 역시 귀사가 수하 하나만큼은 잘 만들었다는 생각을 했다.
하지만 그뿐이었다. 귀사가 십천사와 궁주 간의 연락망을 만
든다면 자신은 커다란 도화지 위에 궁주의 꿈이라는 그림을
그리는 화가였다. 물감을 만드는 사람 따위를 그가 부러워할
이유는 없었다.

회와 합심하여 진행시키는 일인만큼 일에 차질이 있어서
는 안 되었다. 강호를 혼란으로 몰아넣고, 이 일을 계기로 무
인들의 머릿속에 '제천궁' 이라는 세 글자를 단단히 각인시켜
야만 했다.

유사는 저 노을 변을 달리고 있을 천시의 주인, 남궁린을
떠올렸다.

"조금 힘들어도 참게나. 이것이 다 강자존, 강호의 생리가
아니겠나. 모든 일이 끝나면 그간의 정을 보아서라도 내 편히
쉴 수 있도록 해주지."

*   *   *

소혼은 처음 돈황을 떠났을 때와는 다르게 느긋한 속도로

귀환하고 있었다.

돌아오겠다고 약속한 시간까지 아직 많이 남은데다가 고루삼마를 해치우면서 얻은 무공을 차근차근히 머릿속에 기억시키기 위함이었다.

고루해서에는 일진권, 만조비명, 천라비(天羅飛) 등 많은 무공이 서술되어 있었다.

소혼은 고루해서의 내용을 머릿속에 암기하는 한편, 그중에서 만조비명과 일진권만을 따로 빼내어 화륜심결과 분천칠도에 써먹을 방도를 강구했다.

청정단을 통해 어느 정도 틀을 갖췄다 하더라도 화륜심결은 아직까지 미완성이었다.

비혈구에서 내공을 축출하는 것이나 기를 운용하는 방법에 있어서 시고의 신혈천마기와 상충되는 부분이 있기 때문이었다.

이를 완화시키기 위해서는 더 강한 무언가로 뒤덮을 필요가 있었다.

만조비명은 음파로 내공을 뒤흔든다. 역발상을 하자면 내공의 흐름을 보다 원활하게 흐를 수 있도록 할 수 있다는 뜻이다. 이를 잘만 이용한다면 기의 운용이 한결 쉬울 터였다.

또한, 일진권은 양기를 충돌시켜 최고의 파괴력을 뽑아낸다. 분천칠도의 화기는 극양(極陽). 일진권의 파괴력은 소혼의 간담을 서늘하게 할 정도였으니 화력을 더욱 키울 수 있을 것이다.

'남궁린과 만난 이후로는 무엇이든지 일사천리로군.'

소혼은 혹시 남궁린이 자신의 행운의 여신은 아닐까 하는 생각을 문득 가져 보았다.

마교에서 나온 이후로는 죽을 위기만 수없이 넘겼는데, 남궁린을 만나고 나서는 절혼령의 벽을 깼을 뿐만 아니라 이렇게 짭짤한(?) 부수입까지 챙기게 된 것이다.

하지만 문득 그 제천궁이라는 세력이 남궁린 일행을 뒤쫓았다는 괴한들은 아닐까 하는 생각도 들었다.

만약 그것이 사실이라면 그는 만나지 않아도 되는 무리를 만나서 고생하다가 남궁린에게 구출된 셈이었다.

'인연이 복잡하게 얽히게 된 셈인가.'

남궁린이 과연 그에게 행운을 주는가 불운을 주는가 하는 별 쓸데없는 생각을 하면서 일진권과 만조비명을 익히고 있을 무렵, 그의 신형이 어느새 돈황에 도착했다.

그런데 돈황의 관문을 넘어서자마자 소혼은 의아함에 잠겼다.

'왜 이렇게 많은 무인들이 있는 거지?'

기련산 인근을 벗어난 이후로 수도 없이 많은 무인을 만났다.

그와는 전혀 관련이 없는 이들이 대부분일 것이라 여겨

'인근에서 대회가 있는가 보다' 라고만 여겼는데, 꼭 그런 것만은 아닌 것 같았다.

보통의 대회라면 정파인은 정파인끼리, 사파인은 사파인끼리, 또 낭인은 낭인끼리 뭉치기 마련인데, 지금은 마치 온갖 이상한 기운을 내뿜는 이들이 수도 없이 즐비하니.

개중에는 강호백대고수에 버금갈 만한 실력자도 많았다. 은거기인으로 짐작되는 이들까지 있을 정도이니.

"천시… 때문인가?"

불현듯 고루삼마의 모옥에서 보았던 서찰이 떠올랐다.

천시쟁패. 뜻을 알 수 없는 네 개의 문구.

옥문관에서부터 가욕관까지 이어질 것이라던 피의 향연. 그것이 떠오르는 이유가 뭘까.

'혹시?' 하는 생각이 들었다. 처음에는 남궁린 일행이 있는 돈황도 휘말릴 거라는 말에 '설마…' 라는 마음을 가졌었다.

하지만 제천궁이 남궁린 일행을 쫓은 범인이라면? 회가 천시쟁패를 이끌도록 고루삼마에게 지시했다. 그것은 곧…….

'무언가가 있다!'

소혼은 머리 위로 번뜩이는 불안감에 비천행의 속도를 올리며 만약의 사태를 대비해 화륜심결을 극성으로 운기하며 비혈구에 자연지기를 축적하는 것을 잊지 않았다.

횡!

척.

소혼은 얼마 가지 않아 그와 남궁린 일행이 머물던 객잔에 도착했다.

쿠르르릉!

천지를 뒤엎는 소리. 냉기와 사기가 동시에 느껴진다. 대지가 약동하는 이 강렬한 기파는 분명 초절정고수 대 초절정고수의 싸움이었다.

스르르릉.

소혼은 도갑에서 분천도를 뽑았다. 쇠와 쇠가 긁히는 소리와 함께 불꽃이 튀었다. 광염이 도신을 감싸며 객잔 위로 떨어졌다.

우르르르!

광염사도가 벽력처럼 대지 위로 떨어지는 것은 바로 그때였다.

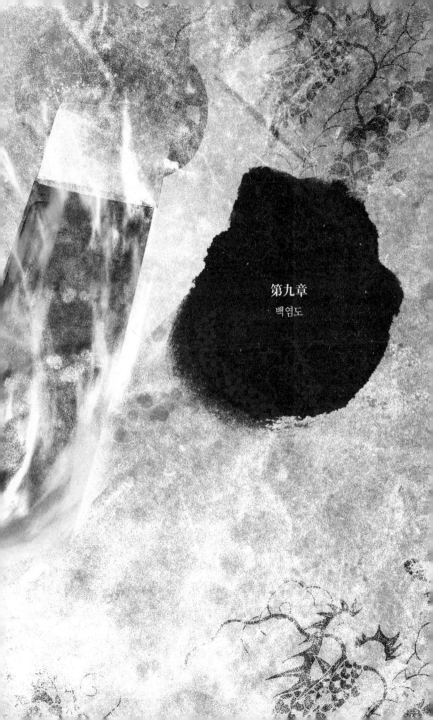

第九章

백염도

神刀無雙
신도무쌍

우르르르!

객잔의 밑단부터 떨어져 나가는 충돌. 이미 치열한 격전을 벌이고 있는 그들이 있던 곳은 객잔이라는 것을 알아보기 힘들 정도로 폐허가 되어버렸다.

츄츄츄츄웃!

한기와 빙기를 흩날리면서 사혼자검을 밀어붙이고 있는 설파의 안색은 조금 어두워 보였다.

'빨리 이 녀석을 처리하고 아가씨를 따라가야 하는데!'

설파의 마음은 조급했다.

남궁린은 서장에서의 일 이후로 가문 재건의 기틀과 자신의 목숨을 맞바꾸어 천음절맥이 되었다. 다시는 무공을 펼칠 수 없게 되었다는 뜻이다.

그런 그녀가 고수들의 추격에서 자유로울 리 없다.

그녀를 남선과 호린대원 세 명이 호위하고 있다 하지만 모패산과 세 명의 사혼구마가 뒤를 쫓았다.

천시의 정보가 어떤 경로로 새었는지는 모른다. 아니, 알고 있다 해도 지금은 그것을 상관할 때가 아니었다. 지금 그녀에게 중요한 것은 오직 하나.

"끝을 내주마!"

설파는 한음지기를 더욱 끌어올렸다. 빙망(氷網)이 수없이 터져 나가며 수도가 지나가는 자리마다 얼음 조각이 튀었다.

사혼자검은 보통 눈으로는 따라잡을 수 없을 만큼 빠른 쾌검을 구사하면서 어서 설파의 허점이 드러나길 바랐다.

열양공이나 한음공같이 일정한 속성에 치우친 무공은 성취가 빠르고 파괴력이 짙은 대신에 오랫동안 싸움을 끌면 군데군데 허점이 보이는 까닭이었다.

팟!

사자검이 설파의 수도를 수없이 튕겨내며 그 위로 그의 독문절기인 사자칠검(死者七劍)이 빛을 뿌렸다.

쿠쿠쿠쿠!

초절정고수들의 대결인만큼 그들이 몸을 움직이는 곳마다 칼바람이 불었다. 그 위로 강기가 치솟으며 사방에 떨어졌다.

쾅!

승패는 동수. 사혼자검에게도 설파에게도 마음에 들지 않는 일의 연속이었다.

사혼자검을 밀치고 남궁린을 뒤쫓아야 하는 설파는 끝나지 않는 승패가, 설파의 허점을 노리는 사혼자검에게는 허점이 보이지 않는다는 점이 화가 났다.

결국 누가 먼저인지 모르게 그들은 자신이 가진 최후의 절기를 펼치기로 마음먹은 듯했다.

"늙은이! 일월문의 후예라고 하더니, 정말 대단하긴 한가 보오!"

"닥쳐라! 한낱 이리 떼가 되어버린 놈 따위가!"

이리 떼란 이익을 위해서라면 명예를 따지지 않고 승냥이처럼 달려드는 낭인을 가리키는 말이다. 보통 무인들이 그들을 비하하는 의미가 강했지만, 정작 낭인들은 이 말을 영광으로 여겼다. 그것이 진정한 낭인의 정신이기에.

"칭찬, 감사하오!"

설파의 수도가 빛을 뿜었다.

한음수의 확장형, 음빙천수(陰氷天手)였다. 살을 에는 듯한 한기로 적의 사지를 묶어버리고 얼음 칼로 몸을 양단내어 버린다는 일수.

직격세로 떨어지는 그녀의 수도 앞에서 사혼자검은 사자칠검의 마지막 초식 사자사신(死者死神)을 펼쳤다.

그에게 신주삼십이객이라는 명예를 던져 준 최고의 한 수였다.

팟!

모든 고수들의 마지막 일격이 그러하듯, 그들의 마지막 역시 허무하다는 생각이 들 정도로 단순했다.

펑!

설파의 오른쪽 팔이 하늘 위로 둥실 떠오르며 사혼자검의 사자검이 붉은 물에 젖은 채 요사하게 빛을 뿌렸다.

호린대 대원 일곱 명 중 막내는 목숨을 잃었다. 남은 여섯 중 절반이 남궁린을 호위하기 위해 떠났다.

이곳에 남은 세 명은 사혼구마가 남궁린의 뒤를 쫓지 못하게 하기 위해 이곳에 남았다. 놈들의 상대가 되지 않는다는 것은 이미 알고 있었다.

하지만 주군을 위해 목숨을 내던지는 것은 가신(家臣)으로서 당연한 일인 바, 그들은 오히려 이런 자리를 영광으로 알았다.

괴한들의 습격을 받을 때에 희생한 다섯 친구의 뒤를 따른다는 것이 더욱 그들의 마음을 흡족하게 했다.

"간다……."

팟!

누군가의 외침과 함께 호린대원들은 무한검진(無限劍陣)을 펼치며 사혼구마를 상대해 갔다.

눈을 감고도 백 장 거리에 있는 적을 맞춘다는 비수의 달인 혼고(混考), 낫을 들고서 웃으면서 적을 죽인다는 조랑겸(潮浪鐮), 철로 노래를 부른다는 정신병자 철요조(鐵謠爪)까지.

그 이름도 쟁쟁한 놈들이 하나도 아닌 셋이나 있었지만 놈들을 상대하는 호린대원들의 눈가는 투지로 충만해 있었다.

"정녕 죽고 싶은 것이 소원이라면 죽여주마!"

조랑겸은 손잡이에 단 쇠사슬을 길게 늘어뜨리면서 낫을 휘둘렀다.

쉐엑!

낫이 한차례 풍차를 그리자 호흡이 잘 맞아야만 하는 무한검진의 한 축이 조금씩 일그러지기 시작했다.

그 틈새로 혼고가 자신의 절기인 백팔비수(百八匕首)를 던졌다.

퍼퍼퍼퍽!

"선우야!"

전신에 도합 스무 개의 비수가 꽂힌 선우는 동료들에게 흐릿한 미소를 짓다가 이내 털썩 쓰러졌다.

동료들이 안타깝게 그들의 이름을 불렀지만, 아직 사신의 손길은 그치지 않았다.

"우리의 앞길을 막을 때부터 죽음은 각오했어야지."

칠요조가 조병을 번뜩이며 말했다. 차우는 '이놈!' 이라고 외치면서 달려들었지만, '흥!' 하는 칠요조의 콧소리와 함께 몸이 삼등분되고 말았다.

좌악!

핏물이 사방에 튀었다.

순식간에 동료를 둘이나 잃은 오훈은 허탈하게 웃고 말았다.

"대주… 소주를 부탁해요……."

곧 오훈의 이마 정중앙에 낫이 하나 박혔다. 날은 오훈의 두개골을 단숨에 박살 내며 뇌를 도려내고 말았다. 조랑겸은 자신의 낫을 거두고는 짜증을 냈다.

"제길, 이런 데서 시간을 끌게 될 줄이야."

그들의 목표는 천시이지 이런 잔챙이들이 아니었다.

그러니 잔뜩 독이 오를 수밖에.

이에 혼고와 칠요조가 조랑겸을 다독였다.

"그렇게 불만을 토할 시간에도 천시는 저 멀리 가고 있다. 일단 대형부터 도와 할망구부터 처리하……."

혼고가 갑자기 말을 하다 말고 품에서 비수를 한가득 끌어 올리더니 공중 위로 뿌렸다.

그 순간, 하늘에서 벼락이 꽂혔다.

쿠르르릉!

벽력음과 함께 비수들이 사방으로 튀었다.

혼고는 자신의 백팔비수가 허무하게 깨지는 것을 끝으로

의식을 놓아버렸다. 벼락에 의해 머리가 갈라진 까닭이었다.

좌악!

"혼고 형!"

"혼고야!"

조랑겸과 철요조가 혼고를 부르는 틈에 다시 한 번 칼바람이 불었다. 열기를 잔뜩 담은 열풍이었다.

쉐엑!

"이런 미친 놈!"

조랑겸은 낫을 던져 열풍을 상대했다. 쾅! 하는 소리와 함께 그의 낫이 위로 튕기고 말았다.

"이것은……?"

조랑겸은 말을 잇다 말고 자신의 목젖에 꽂힌 칼 한 자루를 보고 말았다. 새외 북동 지방 유목민들이 잘 사용한다는 환도 모양의 칼이었다.

"백… 염……?"

조랑겸은 칼바람 사이로 흰색 불꽃이 타오르는 것을 보았다. 사신은 그것을 이렇게 답했다.

"광염이다."

"커헉!"

그 말을 끝으로 조랑겸은 털썩 주저앉고 말았다.

"이놈! 감히 형제들을!"

남궁가 놈들을 처리하고서 이제 천시만 쫓으면 된다고 생각했던 철요조가 손톱을 내리찍어 왔다. 차우에게 했던 것처럼 세 등분으로 나누기 위함이었다.

습격자는 이에 차갑게 웃었다.

"어차피 강한 자가 살아남는 곳이 강호가 아니었나?"

짧은 외침과 함께 도신 위로 하얀 불꽃이 넘실거렸다. 그 불꽃이 빨갛게 변해 철요조의 몸을 덮쳤다.

퍽!

철요조의 머리가 수박처럼 허무하게 박살 나고 말았다.

습격자 소혼은 분천도에 묻은 핏물을 털어내고는 다른 곳에 심안을 비추었다.

비록 시간을 맞추지 못해 차우를 비롯한 이들은 구하지 못했지만, 아직 살아남은 이들이 있다면 구해줄 심산이었다.

'무인이 아닌 자들까지 죽어 있다. 이것은 보통 일이 아니야.'

옛날 사도의 성세가 강했을 때에는 벌어지지 않은 일. 단체가 무너지면서 사파인들은 강호 전역에 뿔뿔이 흩어지고 말았고, 개중 대부분이 산적이나 수적, 혹은 낭인이 되었다.

이 때문에 많은 민초들이 피해를 보았다. 그렇지 않아도 정마대전이 길어지면서 혼란해진 상황에 무림을 바라보는 관과 황궁의 눈길도 점차 좋지 않게 변했다.

그런 와중에 이렇게 피해가 일어나고 말았으니.

이는 앞으로 얼마나 많은 민초가 피해를 입을지 상상이 가지 않는 혈난의 서막에 불과할 수도 있었다.

'젠장.'

작게 욕지거리를 내뱉는 순간, 한기와 사기가 충돌을 벌이는 느낌이 몸을 엄습했다.

'설마?'

소혼은 그곳으로 심안을 비췄다.

그때, 소혼에게도 익숙한 설파의 한쪽 팔이 하늘로 솟구치고 있었다. 그녀의 상대인 사내는 마지막을 고하듯 뾰족하게 끝을 세운 검을 설파의 머리에 꽂으려 했다.

소혼은 재빨리 칠보환천을 밟았다. 비록 자신의 존재를 탐탁지 않게 여긴 설파와 그 일행이라 하더라도 어찌 되었든 그들은 그의 목숨을 구해준 은인이었다.

퐛!

분천일도 일도참의 칼바람과 함께 사혼자검의 마지막 일격이 허무로 돌아갔다.

챙!

"누구냐!"

사혼자검은 마지막 일격을 막아낸 이를 향해 소리를 질렀다. 백색 화염이 치솟는 도를 지닌 자. 심장을 억누르는 기도가 숨을 턱 막히게 했다.

"맹인……?"

하지만 상대가 두 눈을 건으로 가린 병자라는 것을 알게 되었을 때에는 겁을 먹은 자신을 용서할 수가 없었다. 눈에 핏 발을 세우며 검을 휘둘렀다.

소혼은 이를 귓등으로 흘렸다.

놈의 반항 따위 신경 쓰지도, 그럴 가치도 없었다.

챙!

사자검은 분천도와 마주치자마자 밑동부터 잘리고 말았 다.

"헛?"

사혼자검이 깜짝 놀라 헛바람을 삼키는 순간, 그의 시야가 꺼졌다. 마지막으로 본 것은 백색 섬광이었다.

픽!

이마 정중앙부터 시원스레 뚫려 버린 사혼자검은 신주삼 십이객이라는 영광된 칭호에 어울리지 않는 죽음을 맞고 말 았다.

사혼자검의 죽음을 확인한 소혼의 시선이 설파에게로 향 했다.

"괜찮소?"

"자네… 강했군."

설파의 몰골은 영 말이 아니었다.

음빙천수를 무리하게 전개하다 내상을 입었고, 상대의 일 검에 한쪽 팔까지 잃어버렸다. 특히 그것이 무인에게는 목숨 보다 더 소중한 오른팔임에야. 그녀가 초절정의 신위를 떨치는 것은 앞으로 불가능할 터였다.

"일단 내기를 진정시켜 드리겠소."

소혼은 장심에 열기를 불어넣었다. 화기는 양기의 집합체. 따스함은 몸의 근육 긴장을 이완시키고 마음을 평온하게 한다.

특히 설파는 한음공을 익혔기 때문에 소혼의 열양공이 많은 도움이 될 터였다. 하지만 설파는 소혼의 도움을 거부했다.

"아닐세."

"자존심 때문이라면 신경 쓰지 마시오."

"그런 것이 아니다. 나를 치료하는 것보다 더 중요한 것이 있어서 그러는 것이야."

"혹?"

소혼의 물음에 설파는 고개를 끄덕였다.

"놈들에게 아가씨가 쫓기고 있네. 구해줄 수 있겠나? 이런 말을 하는 것이 잘못되었다는 것은 잘 안다. 너를 가장 탐탁지 않게 여긴 것이 나니까. 나는 십만대산에서부터 너를 수도 없이 버리자고 말했다. 하지만 아가씨는 그러지 않았다."

설파의 눈동자가 슬픔에 잠겼다.

"잘못은 내가 했지 아가씨가 한 것은 아니지 않는가. 은혜를 갚는 것이라고 해도 좋다네. 그녀를 구해주게나."

어째서 소혼에게 기대는 것인지, 설파는 자신의 마음도 잘 알지 못했다.

이쩌면 이 소혼이라는 남자는 남궁린을 구한 이후에 그녀가 천시를 가지고 있다는 것을 안다면 돌변할지도 모르는 그런 적일지도 몰랐다.

하지만 지금 설파에게 그런 것은 중요하지 않았다.

그녀에게 중요한 것은 아가씨의 안위.

천시를 내줄 수 있다면 내주고 싶다. 하지만 천시를 내주게 되면 남궁린은 죽고 만다.

이대로 남선이 모패산에게 잡히면 아가씨는 살지 못하게 되는 것이다. 그래서 설파는 지푸라기라도 잡고 싶었다. 그리고 그 지푸라기는 사혼자검을 일도에 죽일 정도로 강한 강자였다.

희망이 보였다.

소혼은 아무런 대답 없이 설파의 혈에 손을 얹었다. 따스한 양기가 몸을 평온하게 만들었다.

"이럴 시간이 없어! 이 시간에도 아가씨는 쫓기고 있다고!"

"업히시오."

"안 돼. 나는 방해만 될⋯⋯."

"늙은 노인 하나 업었다고 해서 방해가 되거나 하지 않으니 업히시오, 예희."

"너⋯ 너⋯ 그 이름을 어떻게⋯⋯!"

생각지도 못한 이름에 설파의 눈동자가 흔들렸다.

소혼은 속을 짐작할 수 없는 묘한 미소를 지으며 그녀를 등에 업었다. 설파가 한쪽 팔을 잃은 탓에 떨어질 수 있어 비교적 피가 덜 묻은 시체의 옷을 찢어 그녀의 몸을 단단히 묶었다.

숙.

용천혈에 진기를 밀집시키자 소혼의 몸이 바람을 갈랐다. 궁신탄영(弓身彈影)의 수였다.

"남궁 소저가 어디로 움직였는지 아시오?"

"가욕관일 게다."

"제법 거리가 멀구려. 이동한 지 얼마나 되었소?"

"반 시진 정도……."

"흠, 그럼 일각이면 따라잡을 수 있겠군."

"……!"

반 시진의 거리를 일각 만에 주파한다? 신주삼십이객으로도 명성이 자자한 신투가 들었다면 입에 거품을 물 소리였다.

하지만 설파는 곧 소혼의 만용을 이해할 수 있었다.

소혼은 그녀가 가늠할 수 있는 부류의 사람이 아니었다. 이미 인간의 한계를 벗어난 초인이었다.

'절대위라니…….'

고천사패와 성란육제. 그중에 이렇게 젊은 남자가 있다는 소리는 들어본 적이 없었다.

"너… 나이가 몇이지?"

"뚱딴지같이 갑자기 나이는 왜 물으시오? 스물일곱쯤 되었을 것이오."

"......!"

서른도 되지 않은 나이에 절대위의 고수? 마교의 공자였던 사도수가 젊은 나이에 초절정의 경지에 올라 강호를 떠들썩하게 했거늘, 그보다 더한 괴물이 있을 줄이야.

'이십 년 전에 무너진 소가장이 괴물을 낳았구나!'

그저 그런, 삼류를 약간 벗어난 가문으로만 여겼었는데.

설파는 이십 년 전, 정마대전이 한창 벌어지고 있을 때를 떠올렸다. 가주 남궁정천을 따라 소가장에 방문했을 당시, 그때 여섯 아이가 남궁린과 친하게 지냈었다.

"한데, 나의 이름은 어떻게 알았지?"

예희. 그것은 옛날에 그녀가 설영이라는 별호와 함께 바꿔버린 이름이었다. 세가에서도 남궁린만이 아는 이름이었건만 어떻게 이자가 알고 있는 것일까.

소혼은 피식 웃음을 터뜨렸다.

"나의 본명이 무엇인지 아시오?"

"소혼이 아니냐?"

"아니오. 혼이라는 이름은 의부에게서 받은 것이오. 나의 본명은 소비연이오."

"......!"

설파의 머릿속으로 한 가지 기억이 스쳐 지나갔다.

"오빠 이름은 뭐야?"

"비, 비연이라고 해. 너는?"

"힛, 비밀."

"나는 말했는데……?"

"여자의 비밀은 묻는 게 아니라고. 헷, 대신에 우리 설파의 이름을 가르쳐 줄게. 설파, 괜찮지?"

"아, 아가씨……."

"설파의 이름은 예희야, 예희. 그러니까 내 이름은 비밀이다? 알겠지, 오빠?"

"뭔가 이상한데……. 이게 아닌 것 같은데……."

"하나도 안 이상해."

"그런가?"

"혹시 그… 부끄럼 많던……?"

"다행히 기억이 있나 보구려."

"그, 그 아이였다면 왜 진작 말하지 않았나?"

"공연히 과거의 이야기를 꺼내서 어디에 쓴단 말이오?"

"자네 가문이 무너진 이후… 아가씨가 많이 울었다네."

"우리 형제들이 남궁린과 많이 친하게 지냈었지."

방금 전까지만 해도 남궁 소저라고 말했던 것이, 지금은 친숙하게 남궁린이라고 본명으로 말했다. 그것은 너무나 자연

스러워서 소혼 스스로도 깨닫지 못했다.

실파는 이를 눈치챘지만 지적하지 않았다.

"아가씨는 특히나 자네를 그리워했지."

"이미 지난 일이오. 그리고 시간은 이십 년 가까이 흐르지 않았소? 정확하게는 십팔 년인가. 아기에서 갓 벗어났던 영악한 그 아이가 이제 어엿한 여인이 되었소. 어릴 적의 기억은 이제 떠올리지도 못하지 않소?"

설파는 지금 이 순간 애늙은이 같던 소혼의 말투가 살짝 젊은이다웠다고 생각했다. 자신을 떠올리지 못한 것에 대한 투정이랄까. 저도 모르게 흐뭇한 미소가 떠올랐다.

"하지만 추억은 사라지지 않지. 가슴에 계속 남아 있으니."

소혼은 가만히 고개를 끄덕였다.

"여하튼 이리된 것도 다 인연이니 댁의 아가씨는 걱정하지 마시오."

"고… 맙네."

설파의 목소리가 조금씩 떨리기 시작했다.

그들의 일행은 그저 소혼을 단순히 도구로, 이익 수단으로만 취급했는데 소혼은 이를 생각지 않고 도와준다고 한다.

설파의 머리가 조금씩 헝클어지기 시작할 때, 소혼이 입을 열었다.

"지금부터 많이 흔들려도 멀미는 삼가시오. 등에 이물이 묻는 것은 영 좋은 기분이 아니어서."

"무슨 뜻인가?"

"밑을 보시오."

"……?"

그녀는 물음을 띠고 아래를 보았다가 곧 경악하고 말았다.

"이, 이것은……!"

수백, 아니, 수천은 되어 보인다.

대로변을 따라 숱하게 널린 군웅들. 저마다 허리춤에 병장기를 찬 것이 무인이 분명했다. 이미 대다수의 민초들은 몸을 사리기 위해 집으로 몸을 숨긴 지 오래였다.

대부분이 삼류나 이류에 불과했지만 개중에는 정말 고수라 할 만한 이들도 많았다.

그런데 문제는 이 무인들이 하나같이 한 방향으로 뛰어가고 있다는 것이었다.

소혼과 설파가 달리는 방향, 가욕관 쪽으로.

"어떻게… 된 일인가?"

"천시쟁패요."

"천시쟁패?"

무슨 뜻인지 모르나 대충은 알 것 같았다.

"린의 뒤를 쫓던 그 괴한들 말이오. 제천궁이라는 곳의 놈들인데, 그놈들이 무슨 일을 꾸민 것 같소."

"제천궁!"

"아시오?"

"알다마다. 장강을 사이에 두고서 마주하고 있는 놈들인데. 마교보다 더 독했으면 독했지 절대 부족하지 않은 놈들이야. 한데, 서장에서부터 우리들을 뒤쫓던 이들이 제천궁이란 말이냐?"

소혼은 마교 부분을 귓등으로 흘려버렸다.

"그렇소. 그 제천궁 놈들이 정체를 알 수 없는 집단과 손을 잡았소. 천시… 린에게 있소?"

"……."

설파는 침묵했다. 하지만 소혼은 그것을 무언의 긍정으로 받아들였다. 한참 후에야 설파는 입을 열었다.

"자네는… 그것을 어떻게 알았나? 우리는 한 달이 넘도록 놈들의 추격을 받으면서도 제천궁의 제 자도 들어보지 못했는데."

설파는 문득 의심을 가졌다. '혹시?' 하는 생각. 그들의 일을 손바닥 보듯이 알고 있으니.

소혼은 자신이 식사를 마치고 방에 올라가 그들의 대화를 엿들었던 이야기를 했다. 그리고 자신은 은원이 있는 모 단체의 뒤를 쫓다가 이 일을 알게 되었다고 했다.

"소가장의……?"

'원수인가?'라는 뒷부분은 삼켰지만 그 말뜻을 이해 못할 소혼이 아니었다. 그는 고개를 저었다.

"새외를 떠돌 때에 맺은 은원이오. 아직 소가장의 원수는 꼬리도 잡지 못했소."

그가 쓸쓸하게 웃자 설파가 머뭇거리듯이 말했다.

"그 소가장의 원……."

그녀가 무어라 말을 이으려는 찰나, 갑자기 소혼이 높이 뛰어올랐다.

왼손으로 설파를 받치고 오른손으로 분천도를 쥔다. 쩡! 하는 도명(刀鳴)과 함께 하얀 불꽃이 넘실넘실 춤을 췄다.

"지금부터 피를 보게 될 것 같소. 불에 탄 시체를 보고 싶지 않거든 눈을 감으시오. 잠시면 되니."

설파는 눈을 질끈 감았다.

절로 깊어진 청력 사이로 불꽃이 타오르는 소리가 들렸다.

화르르륵!

*　　　　*　　　　*

"쫓아라!"

"천시를 잡아라!"

주위는 그야말로 아귀들의 집합체였다.

먹이를 갈구하는 귀신들의 향연!

남궁린은 눈을 감았다.

남선은 남궁린을 힘을 주어 받치며 경공을 더욱 빠르게 전개했다.

슈슛!

빛이 되어 달리는 남선.

그 뒤를 쫓는 무리.

이미 그 숫자는 헤아릴 수도 없었다. 얼마나 많은 놈들이 천시를 알게 된 걸까? 이 사람들이 전부 천시를 노리는 사람들인 것일까?

남궁린의 머리는 혼잡했다.

일이 어떻게 돌아가는지 잘 판단이 서지 않았다.

분명 처음 그들의 뒤를 쫓았던 것은 모패산을 비롯한 사혼구마였다. 설파가 남아 사혼자검을 상대했다. 남궁린을 호위하기 위해 호린대원 세 명이 뒤를 따랐다.

그런데 언제부터였을까.

남궁린의 뒤를 쫓는 무인의 숫자가 늘어나기 시작했다.

한둘이면 모르되 족히 수백은 되어 보였다. 몇몇은 직접 그들이 지나가는 자리에 잠복하고 있다가 습격까지 할 정도였다. 그 때문에 운영, 가지우가 희생되었다.

그럼에도 숫자는 줄지 않았다. 아니, 오히려 더 늘었다.

보통 때라면 모패산쯤 되는 놈이 뒤를 쫓을 정도이니 중요한 것이 있나 보다 하고 승냥이들이 달려드는 것이라 생각하겠지만, 이것은 숫자가 많아도 너무 많았다.

마치 기다리기라도 한 것처럼.

'기다렸다고?'

남궁린은 뒤통수를 둔탁한 무언가로 맞은 것 같았다. 몸이 부르르 떨렸다.

그래, 이것은 의도적으로 진행된 일이다.

모패산에게 정보를 흘린 것도, 이 수많은 군웅들을 동원한 것도.

절대 하루 이틀로 이루어질 만한 일이 아니다. 족히 수개월은 걸려야만 가능하다. 강남의 말투를 쓰는 고수들도 있을 정도이니.

'대체 누가……!'

천시를 얻기 위해서라는 것은 답이 되지 못한다. 그럴 목적이었다면 암습을 가해서 빼앗는 게 빠르고 쉬우니까. 그럼 왜 이런 무대를 만든 걸까? 아귀들의 집합을 만든 이유가 무엇인가.

'그 괴한들… 설마?'

한 가지 가정이 스쳐 지나갔다.

만약 정체를 알 수 없는 괴한들이 그녀와 일행을 쫓은 이유에 다른 목적이 있다면? 천시를 '얻는' 것이 아닌, '이용' 하는 데에 목적이 있다면?

남궁린의 얼굴이 경악에 물들었다.

만약 지금 생각한 것이 사실이라면 강호는 속고 있는 것이었다.

"말려야 해요!"

"그, 그것이 무슨 소립니까?"

아귀처럼 달려드는 무인들을 베어 넘기면서 달리는 남선. 그는 벌써 입에서 단내를 풀풀 휘날리고 있었다.

남궁린이 소리쳤다.

"군웅들을 말려야 해요! 우리는 지금 속고 있는 거예요! 지금 이 사태를 막지 못하면 감숙에, 아니, 강호 전체에 피바람이 불 거예요! 정마대전 때와는 비교도 하기 힘든 피바람이!"

남궁세가뿐만 아니라 강호 전체가 속고 있었다.

단 한 단체에 의해서.

"호오, 눈치챘나 보군."

군웅들이 몰려 있는 곳에서 얼마 떨어지지 않은 건물의 지붕 위. 그곳에는 인간들의 탐욕을 구경하고 있는 이들이 있었다.

경태와 유사, 그리고 검은 복면을 쓴 남자였다.

복면인이 유사에게 물었다.

"무엇이 말이오?"

"저기를 보게나."

유사가 검지로 남궁린을 가리켰다.

"군웅을 말리라고 하지 않나. 우리들의 계획을 눈치챈 것이야. 강호에 피바람이 불 것이란 걸 알아챈 것이지. 천상화의 머리가 비상하다는 것은 알았지만 이 정도일 줄은 몰랐군.

역시나 천시를 흡수하면서 얻은 천음절맥의 능력인가?'

"그럼 이 일에 본 궁과 회가 행사하고 있다는 것을 눈치챘다는 의미요?"

"그것은 아닐 걸세. 제아무리 똑똑해도 본 궁이 개입했다는 증거는 남기지 않았으니까. 다만, 이 일을 배후에 조종하고 있는 의문의 단체가 있다는 것은 깨달았겠지."

"그럼 그 의문의 단체를 회로 맞추면 되겠군."

유사는 흡족한 미소를 지으며 고개를 끄덕였다.

비록 머리는 희대의 모략가인 유사에게는 미치지 못하나, 일의 요점을 파악하고 그것을 이용하는 능력만큼은 유사도 인정하기 때문이었다.

귀사. 독사 만독자를 따르는 적영과 유사의 청영을 키워낸 것이 바로 그다. 칠색영(七色影)의 수장, 유부귀혼(幽府鬼魂)의 다른 이름이기도 하다.

유사가 궁주의 오른팔이라면 귀사는 궁주의 왼팔이다.

그때, 경태가 자신의 왼팔을 보며 말했다.

"어떻소? 일은 잘되어가오?"

"유사의 명에 따라 청영이 군웅들을 선동하고, 금영(金影)과 은영(銀影)이 뒤를 받치고 있습니다."

궁주는 흡족하게 웃었다.

"지난 삼 년, 본 궁이 일어났을 때부터 계획했던 일이오. 그만큼 중요한 일이니 절대 차질이 없어야 할 것이오."

"존명."

귀사의 복명과 함께 경태는 다시 군웅 쪽으로 눈길을 돌렸다.

유사와 귀사도 눈을 돌렸다.

이변이 생긴다면 당장 몸을 던질 기세였다.

천시쟁패.

계획은 차근차근히 진행되고 있었다.

흉곤마 모패산은 이를 바득바득 갈았다.

언제부터였는가, 이렇게 일이 꼬여 버린 것이.

천상화의 뒤를 쫓기 시작할 때는 좋았다. 사혼자검이 설파를 쓰러뜨릴 수만 있다면 고금제일인의 무공을 손에 넣을 뿐만 아니라, 꿈에도 그리던 명문세가의 여식, 그것도 강남제일미를 품에 안을 기회가 생기기 때문이었다.

그는 그것을 싸움을 통한 정당한 전리품이라고 여겼다.

그런데 이게 뭔가. 이상한 승냥이들이 하나둘씩 따라붙기 시작하더니 어느새 그의 옆에는 수백의 군웅이 모여 있었다.

"카악!"

몇 놈을 때려죽여도 남궁린의 뒤를 쫓는 무인의 숫자는 줄어들지 않았다. 오히려 더 급속도로 늘기만 했다.

"야! 너희들! 분명히 이거 우리만 비밀리에 입수한 정보 맞아?"

"마, 맞습니다……."

요채가 떨며 답하자 그는 다시 소리를 지르고 말았다.

"그런데 왜 이렇게 많은 놈들이 꼬이는 거야!"

"글쎄요……. 아무래도 저쪽에서 다른 사람들에게도 정보를 흘린 것이 아닐까요?"

"정말 공공문(空空門)에서 정보 얻은 거 맞아?"

요채가 가만히 고개를 끄덕이자, 모패산은 머리를 헝클어뜨리고 말았다.

"이 개자식들! 천시를 얻기만 해봐라! 내 이 공공문 개도둑 놈의 자식들을 다 찢어 죽이고 말 것이다!"

그렇게 성을 내봤자 이미 퍼진 것. 아마 공공문에서는 돈을 벌 수 있는 기회다 여겨 감숙에 몰린 군웅 여럿에게 '이것, 당신들에게만 넘기는 특별 정보요' 라고 웃으며 팔아넘긴 것이 분명하다.

하지만 이렇게 사람이 많이 몰렸는데 화를 내봤자 소용없는 일. 결국 남은 방법은,

"실력으로 쟁취할 수밖에!"

모패산은 어쩔 수 없이 그동안 '실력의 삼 할을 숨겨라' 라는 강호의 격언에 따라 숨긴 실력을 드러내고 말았다.

우연히 연이 닿아 얻은 섬환신공(閃幻神功)을 발휘할 때였다.

휙!

모패산의 몸이 섬광이 되어 위로 솟구쳤다. 그는 어기충소의 수로 공중에서 한 바퀴 회전하며 남선이 활약하고 있는 전장 위로 몸을 떨어뜨렸다.

쿵!

그 엄청난 파괴력에 십수 명이 곤죽이 되어버렸다.

"컥!"

"휴, 흉곤마다! 흉곤마가 나타났다!"

흉곤마의 악명은 이미 감숙을 넘어 강호에 자자한 상황. 몇몇은 몸을 사리며 뒤로 물러났지만, 대부분이 천시에 눈이 멀어 모패산을 노려보았다.

남선의 시선이 모패산에게 향했다. 모패산은 비소를 흘리며 장곤을 남선에게 겨누었다.

"내놔라."

"미친놈."

남선의 짤막한 대답에 모패산은 더욱 짙은 웃음을 남겼다.

"한 번 나에게 깨진 놈이 입 하나는 번지르르하구나. 하지만 지금 그 체력으로 나를 상대할 수 있으려나?"

쉉!

곤이 질주한다. 남선이 검을 끌어올리며 그의 곤을 튕겨내려 했지만, 모패산이 섬환신공을 끌어올린 지금, 남선이 모패산을 꺾을 가능성은 전무했다.

챙!

남선의 검이 반 토막 나면서 위로 튕겨 올랐다가 땅에 꽂혔다.

너무 많이 칼을 휘둘러 모가 많이 상한데다가 섬환신공의 위력을 이기지 못한 까닭이었다.

모패산은 장곤을 남선의 목젖에 겨누었다. 하지만 그의 눈은 아래쪽 남궁린에게로 향했다.

"예쁜 아가씨, 많이 기다렸지?"

"이이……!"

"아아, 그렇게 반가워? 나도 반가워. 하지만 너무 반가워서 달려들거나 하지 말라고. 이 몸은 한 여자에게 얽매일 수 없는 바람과도 같은 몸이라서 말이지."

모패산은 능글맞게 웃음을 터뜨리며 경력을 끌어올려 남선과 남궁린의 혈을 점했다.

"컥!"

"마혈을 짚었으니 당분간 움직이지 못할 것이다."

"제기랄……!"

남선은 인상을 찡그렸다. 하지만 몸이 말을 듣지 않았다. 이미 공력은 봉쇄된 상태. 졌다. 적들의 수중에 잡히고 만 것이다.

서장에서부터 시작된 괴한들의 추격에도 꺾이지 않았는데. 너무나 허무하다…….

"아가씨?"

근데 정작 문제는 다른 곳에서 벌어졌다. 남궁린의 안색이 좋지 않았다. 남선처럼 혹여나 무공을 펼칠까 봐 모패산이 혈을 점했기 때문인데, 천음절맥으로 인해 혈맥이 상해 버린 그녀에게는 독이나 마찬가지였다.

"하악! 하악!"

남궁린은 거칠게 숨을 몰아쉬기 시작했다. 입에서는 한기마저 나올 정도였다.

"괜… 찮으십니까?"

"괜찮아요. 염려 마요. 그런데 어쩌죠? 이렇게 속수무책으로 잡히게 생겼는데. 공연히 나 때문에 고생만 하고. 설파와 호린대에게 미안하기만 하네요."

"아닙니다. 소주를 모실 수 있어서 얼마나 행복했는데요."

남선은 울음이 나올 것 같았다. 조금만 더 힘이 있었더라면, 아니, 자신에게 힘이 없어도 된다. 이 딸자식 같은 여인 옆에 강한 힘을 지닌 자가 있었다면, 만약 그랬다면 이런 일도 없었을 텐데.

남궁린의 안색은 곧 창백하다 못해 하얗게 질리기까지 했다. 몸이 시체처럼 차가워졌다.

"아가씨……!"

남선이 안타깝게 남궁린의 이름을 부르고 있는 동안, 모패산은 군웅들을 향해 사자후를 터뜨리고 있었다.

"나의 이름은 흉곤마 모패산! 지금부터 천시는 나와 나의 형제 사혼구마가 가질 것이다! 이에 불만이 있는 자는 나와 라!"

"……."

일대가 조용해졌다.

모패산이 뿜어내는 기도에 억눌린 까닭이었다.

남선에게 달려들던 때야 그가 많이 지쳤기에 기회다 싶어서였지만, 지금은 달랐다. 흉곤마뿐만 아니라 그를 호위하듯이 요채 등 이름도 쟁쟁한 사혼구마 중 세 명이 섰다.

모패산은 만족의 웃음을 지었다. 이렇게까지 확언을 내렸는데 누가 방해할 것인가. 이제 강남제일미와 천시, 두 개의 보물은 그의 것이었다.

하지만 모패산의 웃음도 오래가지 못했다.

"누가 나를 빼고 천시의 자격을 논한단 말인가?"

모패산의 얼굴이 와락 일그러졌다.

"누구냐?"

"나다!"

쾅!

하늘에서부터 자그마한 체구의 한 노인이 내려왔다. 그와 함께 십수 명의 군웅이 기파를 이기지 못해 피를 토하고 쓰러졌다.

붉은 무복에 붉은 피부. 전신에 피를 뒤집어쓴 듯한 노인이었다.

"혈옹(血翁)이다!"

그를 알아본 이가 소리쳤다.

혈옹. 단신에 생긴 모양새도 성성이 같은 노인이다. 하지만 실력 하나만큼은 뛰어나 신주삼십이객의 한자리를 차지하고 있는 초절정고수였다.

모패산이 제아무리 섬환신공을 익혔다고 하나 사혼자검보다 위라는 혈옹을 이길 수는 없는 노릇. 하지만 이대로 천시를 두고 떠날 수는 없었다.

때에 따라서는 형제들과 합공도 할 심산이었다. 모패산이 혈옹에게 무어라 말을 하려는 때, 갑자기 누군가가 그의 말을 방해했다.

"선배는 물러나시오. 본디 천시는 강호의 것. 내가 책임지고 원 주인을 찾아주겠소."

엄청난 기파에 사위가 갈린다.

그곳에는 고고한 도복 차림을 한 남자가 서 있었다. 보통 여인이라면 흠모의 감정을 가질 만한 미남자였다. 가슴팍에 그려진 태극 문양이 너무나 잘 어울렸다.

"청수신검(靑水神劍)! 무당이 나타난 것인가!"

청수신검 하우. 무당파의 대제자로서 신주삼십이객 중 한 명이기도 하다. 그런데 호광성에 있어야 할 그들이 왜 이곳에?

곧 하우의 주위로 그와 같은 옷을 입은 도사들이 쫙 섰다. 무당파 일대제자 하(夏) 자 배와 장로 호(護) 자 배로 이루어진 태청백호검(太淸百豪劍)이었다.

혈옹은 인상을 구겼다.

"무당 말코들이 무슨 자격이 있어 천시의 주인 자격을 가린단 말인가!"

"사마에 물들고 이익에 눈먼 자들은 당시 협객으로 명성이 자자했던 일신의 무공을 받을 자격이 없소."

"그럼 괴검의 후예인 너희들은 자격이 있고?"

"닥치시오!"

하우가 성을 내자 혈옹은 끌끌 하고 웃었다.

"여하튼 정파의 비린내 나는 놈들은 제 것들에게 불리한 말만 하면 이렇게 나온단 말이지."

"아미타불. 하나, 천시가 사마의 무리에 들어가서는 안 되는 것은 사실이라 생각하오."

톡톡, 데구르르르.

목탁을 두들기는 소리가 들린다.

군웅들의 시선이 이번엔 북쪽으로 향했다.

머리에 계인을 박은 승려들. 하지만 하나같이 내뿜는 기세가 천지를 뒤엎을 만하다.

항마승(降魔僧) 무각 대사를 비롯한 백팔나한(百八羅漢)의 등장이었다.

"말코에 땡중에… 정말 가지가지 하는군."

혈옹이 어이가 없어 웃음을 흘리는데, 이에 맞장구치는 사람이 있었다.

"그러게 말이오."

다시 군웅을 가르고 등장하는 이가 있었다. 머리가 아무렇게나 헝클어져 있다. 왼쪽 귀에 매단 귀고리가 요란한 빛을 발한다.

"귀검(鬼劍)이다!"

검을 귀신처럼 놀린다 하여 붙여진 별호다. 낭인이지만 낭인은 아닌 자. 무당파의 제자였다가 파문을 당했다는 소문이 있었는데, 아니나 다를까, 청수신검 하우의 표정이 약간 좋지 않았다.

여하튼 이것으로 벌써 신주삼십이객 중 넷이나 모이게 되었다.

모패산의 구겨진 인상은 펴질 줄을 몰랐다.

기감으로 느끼건대, 지금 저들 말고도 군중에 숨은 고수는 더 많았다.

기파로 느껴지는 것만 해도 최소 신주삼십이객에 해당하거나 그에 맞먹는 인물이 족히 서른은 넘었다.

귀검은 생긴 것만큼이나 싸늘한 어조로 모패산에게 말했다.

"홍곤마, 둘 중 하나를 선택해라. 천시와 천상화를 내놓고 꺼질 것인지, 아니면 이 자리에서 둘 다 뺏기고 목숨까지 잃을 것인지."

평상시 하늘 높은 줄 모르고 돌아다니는 모패산이라면 다짜고짜 살수부터 들이댔겠지만 상대는 귀검이었다.

승부사 귀검. 강호 초출인 스무 살 때부터 십 년을 오로지 전장과 비무로만 채운 이. 정마대전 때는 마교의 소교주 사도수와 더불어 쌍웅(雙雄)을 이루기도 했다.

일대일이면 필패다.

하지만 모패산에게는 형제가 있었다.

[요채.]

요채가 '왜?'라는 얼굴로 쳐다보았다.

[치자.]

요채가 고개를 끄덕였다. 모패산이 땅을 박차자 요채가 그 뒤를 따랐다.

두 절정고수의 합공. 이 정도의 공력이라면 보통 초절정고수라도 피할 수밖에 없다. 하지만 귀검은 귀찮다는 식으로 중얼거릴 뿐이었다.

"그렇게 나온다면 치워 버릴 수밖에."

샥.

그의 애검 천혼검(千魂劍)이 빛을 발했다. 사부에게서 전수받은 검식 중 하나, 자해(紫海)가 펼쳐졌다.

천여 개의 잔영과 함께 빛살이 세상을 갈랐다.

콰득!

모패산과 요채의 몸뚱어리가 반쪽으로 갈리는 것은 그야 말로 순식간에 벌어진 일이었다.

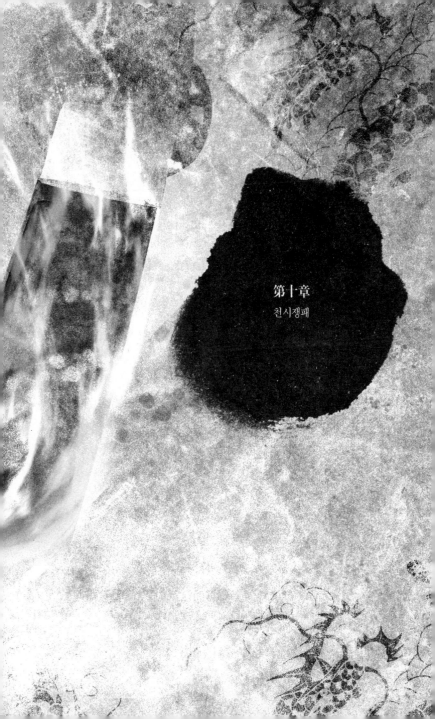

第十章

천시쟁패

神刀無雙
신도무쌍

"……!"

사방이 조용해졌다.

귀검의 일검. 그 찬란한 잔검(殘劍)의 향연에 흉곤마와 요채가 단 일수에 목숨을 잃은 것은 충격에 가까웠다.

'역시 귀검!'

신주삼십이객 중에서도 차대 절대위 강자로 논의되던 이답게 실력 하나만큼은 뛰어났다.

'정녕 이곳을 벗어날 방도는 없는 것인가…….'

남선의 눈동자는 암담함으로 물들었다. 늑대를 피해 도착한 곳은 호랑이의 굴이었다.

그 혼자서도 당해내기가 힘든 흉곤마를 단숨에 벨 정도의 능력사가 있고, 그에 못지않은 절정, 초절정에 해당하는 고수들도 즐비했다.

하늘로 증발하거나 땅 아래로 꺼지지 않는 이상에는 절대 이곳을 피할 수 없다.

호랑이 굴에 들어가도 정신만 똑바로 차리면 산다고 했지만, 굶주림에 허덕여 먹이를 갈구하는 호랑이 수십 마리가 사는 곳이라면 이야기는 달라진다.

게다가 지금까지 잘 도망칠 수 있도록 머리가 되어주었던 남궁린은 천음지기의 냉기 때문에 고통에 허덕이고 있었다. 그런 남궁린을 안고 뛰었다가는 정말 그녀의 신상에 무슨 일이 생길지 그로서도 예측하지 못했다.

'설파, 대체 어디에 있는 것이오?'

그들의 대모나 마찬가지이던 설파가 그리워지는 순간이었다.

한편, 귀검은 서슬 퍼런 예기를 자랑하고 있는 천혼검의 칼날을 번뜩인 채로 입을 열었다.

"천시는 내가 가져가겠다. 불만있나?"

그는 오만했다. 그리고 그만큼의 실력을 지니고 있었다.

정마대전이 끝나고 모습을 감췄던 귀검. 혹자는 그가 목숨을 잃거나 무공을 잃고 잠적하지 않았냐는 질문을 던졌지만, 귀검은 그때보다 더 강해진 모습으로 돌아왔다.

"사마외도에 물든 이에게 천시와 같은 귀중한 보물을 내줄 수는 없다!"

무당파 대제자 하우가 딴죽을 걸고 나섰다. 그의 옆을 태청 백호검이 호위하듯이 서 있었다.

귀검이 짤막하게 말했다.

"예나 지금이나 하우 너는 자기 잘난 맛에 살고 있군. 아직 도 청수신검이라는 되지도 않는 별호와 태청백호검이 너를 지켜줄 것 같은가 보지?"

"뭣이?"

하우의 눈동자에 불꽃이 튀었다. 무당파 도인으로서는 가 지기가 힘든 살의였다. 그의 사제들 역시 분노를 토하는 것은 당연했다.

"사문의 배반자 따위가!"

"낳아주고 길러준 은혜를 모르는 개잡종이!"

일순, 귀검의 눈빛이 싸늘해졌다.

"지금 나에게 배반자라고 하였나?"

그와 눈이 마주친 이들은 저도 모르게 시선을 돌렸다. 하우 와 태청백호검은 몸이 꽁꽁 언 것처럼 몸을 움직일 수 없었 다.

"길러준 은혜? 그래, 고맙다. 신물이 나도록. 하지만 그 은 혜를 따지기 전에 너희들은 지금의 무당이 있게끔 해준 사부 를 잊지 말아야 할 것이다. 무당의 이백 년밖에 되지 않는 짧은 역사가 어찌 지금의 영광을 얻었다고 생각하는가?"

"이이……!"

하우는 몸을 부들부들 떨었다.

귀검의 말은 틀린 것이 없다. 하지만 그는 무당파의 대제자다. 그는 항상 당당해야 하며 그가 가야 하는 길에는 사람들이 공손함을 표해야 했다. 그런데 그가 가는 길에는 항시 귀검이 걸렸다.

하지만 화가 난다고 해서 달려들 수도 없는 일이었다. 질것이라고 생각은 하지 않았지만 천시가 눈앞에 왔다 갔다 하는 상황에서 힘을 소모하는 것은 옳지 못한 행동이었다.

귀검은 그것을 비소로 넘겼지만.

귀검은 남선과 남궁린에게 손을 뻗었다.

"이미 너희들이 도망칠 곳은 없다. 이렇게 많은 군웅들이 모인 곳에서는 한계가 있을 테지. 어쩔 것인가? 지금이라도 나에게 천시를 달라. 그렇다면 목숨만은 보장해 주겠다."

"천시는… 내어줄 수 없어요……."

남궁린은 병색이 짙은 얼굴로 입을 열었다. 그녀의 말은 사실이었다. 천시는 물건이 아닌, 인세에 존재하기 힘든 요물(妖物)이니까. 하지만 사람들은 그것을 모른다.

귀검은 남궁린이 끝까지 욕심을 부리는 것이라 판단했다.

"안타깝군."

그는 정말 안타까워하는 표정이었다.

"마음 같아서는 너희들을 그냥 보내주고 싶지만, 나 역시 천시를 얻어야 하는 이유가 있기 때문에 어쩔 수 없다. 이해해라."

귀검이 손을 뻗었다. 청천장(靑天掌)의 기운을 가득 모았다. 장력을 발출하려는 순간, 혈옹이 나섰다.

"큭, 이런 미친 짓거리들을 봤나. 먼저 낚아채면 임자인 것을."

슉!

핏빛 잔영이 남았다. 혈옹이 어느새 남궁린의 뒷편에 나타나더니 그녀를 낚아채고는 하늘 높이 뛰어오르고 있었다.

"이 계집이 천시를 가지고 있으렷다?"

벌써 저만치 날아가는 혈옹. 귀검은 순간 닭 쫓던 개 꼴이 되고 말았다.

그는 인상을 와락 일그러뜨리며 천혼검의 강기를 쏘았다. 하지만 혈옹의 신형은 이미 미끄러지듯이 저만치 달려가고 있었다.

"쫓아라!"

"혈옹이 천시를 가지고 도망친다! 쫓아라!"

백팔나한과 같이 있던 무각 대사가 버럭 성을 냈다.

"이런 고얀!"

성란육제 중 한 명인 망아 성승(亡我聖僧)에게서 무공을 익힌 이답게 그는 소림의 칠십이절예 중 하나인 불영선하보(佛

影仙霞步)를 펼치며 혈옹의 뒤를 쫓았다.

귀검과 하우도 재빨리 보법을 밟았다.

백팔나한과 태청백호검이 움직인다.

이에 군웅들도 혈옹의 뒤를 쫓았다.

"소주……!"

홀로 남은 남선이 저만치 멀어지는 남궁린의 모습을 애처롭게 바라보다가 피를 울컥 쏟아냈다. 화기가 뇌문에까지 치밀었다. 입마의 위험에 빠지고 만 것이다.

약 반 각 정도 흘렀을까.

사람들이 모두 사라진 자리. 남선만이 남은 곳에 한 개의 그림자가 나타났다. 소혼이었다.

척.

소혼은 남선의 맥을 짚어보았다. 기운이 들끓으며 역류를 할 조짐을 보이고 있었다.

"어, 어떤가?"

설파가 조심스레 물었다.

"화가 심중에 쌓여 입마에 빠지기 일보 직전이오."

"그, 그런!"

"그래도 다행히 이렇게 발견했으니 걱정 마시오."

"일단 나를 좀 내려주게."

소혼은 설파와 묶은 천을 끊었다. 설파는 조심스레 남선에게 다가가 거문혈을 통해 기운을 불어넣었다. 곧 남선의 안색이 평온해지더니 눈가가 파르르 떨리며 눈을 떴다.

"설파!"

"남선, 왜 그러는가? 아가씨에는 어디에 있나?"

"소주는… 혈옹… 귀검과 청수신검이 뒤쫓았… 컥!"

소혼은 남선의 수혈을 짚었다. 남선은 몇 마디를 더 이으려 했지만, 쏟아지는 수마를 이기지 못하고 잠에 빠지고 말았다.

"이게 무슨 짓인가!"

설파가 버럭 흥분해 소리를 질렀다. 소혼은 차분한 표정으로 고개를 저었다.

"대충 일이 어떻게 돌아가는지 알 것 같소. 그리고 이자는 지금 기력이 많이 상해 자꾸 말을 하려 하면 그만큼 내상이 더 심해질 것이오. 그래서 잠재운 것이오."

"그, 그런가? 미안하네, 갑자기 화를 내서."

"아니오. 사안이 사안인만큼 설파의 심중도 이해하오. 하지만 급한 일일수록 더 돌아가야 하는 법이오."

"어떻게… 할 생각인가?"

소혼은 가만히 설파를 보았다. 비록 두 눈은 가려 있지만 심안은 그녀를 비추고 있었다.

"둘이서 남직예까지 갈 수 있겠소?"

"서, 설마?"

소혼은 고개를 끄덕였다.

"이제부터는 단독으로 움직이겠소. 린을 데리고 무사히 남궁가까지 데려갈 것이니 걱정하지 마시구려."

"하지만 위험……."

"설파와 이 사람을 보호하면서 가기엔 지금의 상황으로 봐서 더 위험할 것 같소. 그러니 여기에서 헤어집시다."

설파의 눈가가 파르르 떨렸다. 그녀는 얼굴을 폭 숙이고 말았다.

"면목이 없네."

"남직예에서 뵙겠소."

소혼은 그 말을 끝으로 자리에서 사라졌다. 비천행을 극성으로 펼치자 그는 곧 하나의 점이 되었다.

설파는 남선의 머리를 쓰다듬으면서 작게 중얼거렸다.

"아가씨를 잘 부탁하네."

"큭큭! 이제 천시는 내 것이야!"

키가 오 척에 불과한 단신의 혈옹. 그가 자신보다 더 큰 남궁린을 안고 도망친다는 것은 불가능해 보였다. 그는 고층 건물의 지붕을 밟으며 공중 위를 질주했다. 거의 신기에 가까운 움직임이었다.

귀검이라는 애송이에게서 천시를 탈취해 낸 것이 여간 기쁜 게 아닌 모양이었다.

"어떠냐, 아이야. 너도 기쁘지 않느냐?"

혈옹이 빙그레 웃으며 남궁린을 보았다. 하지만 남궁린은 신음 소리만을 낼 뿐이었다. 안색은 처음보다 더 창백해지고, 몸은 얼음장처럼 차가웠다.

"잉, 이런 중요한 시기에 개도 안 걸린다는 가을 고뿔이나 걸리고. 아, 가을이니까 감기에 걸리는 건가? 아무튼 계집이라 해도 무공을 익힌 아이가 그렇게 몸이 약해서는 안 되는 것이다."

남궁린에게서는 대답이 없었다.

"그런데 정녕 천시는 어디에 있는 것이냐? 네가 숨기고 있는 것이야, 아니면 다른 곳에 따로 숨겨둔 것이야?"

군웅들이 천시가 아닌 남궁린을 탈취하려는 이유. 그것은 천시가 숨겨진 곳을 남궁린만이 알고 있다는 소문 때문이었다.

혈옹은 여전히 묵묵부답을 고수하고 있는 남궁린을 보면서 혀를 찼다.

"뭐, 천시의 행방이야 나중에 차차 물어보면 될 것이고. 그나저나 저 떨거지들부터 어떻게 처리해야 하는데."

혈옹이 말하는 떨거지는 귀검과 하우, 무각 대사를 비롯한 수백의 군웅을 의미했다.

"천시를 내놓아라!"

"게 섯거라!"

"네놈들이라면 서겠느냐? 이런, 보물에 눈먼 병신들 같으니라고!"

혈옹은 광란수(狂亂手)의 기운을 끌어올리며 공중으로 흩뿌렸다. 강기가 하늘에서 부서져 우박처럼 쏟아졌다.

쿠쿠쿠쿠!

"막아라!"

"으악! 강기다!"

군웅들 중에는 희생자마저 속출할 지경이었다. 무각 대사는 백팔나한승을 앞으로 내보내고서 사자후를 내뱉었다.

"내 오늘 피바람을 일으키는 마두를 제압하기 위해 살계(殺戒)를 열 것이다!"

탕마멸사를 상징하는 대승범천신공(大乘凡天神功)의 공력이 세상 천지를 가득 메웠다.

무각 대사는 진각을 밟으며 일권을 공중에 내질렀다. 동시에 격공의 수를 따라 강렬한 기파가 혈옹의 머리 위로 떨어졌다. 백 리 밖의 물체도 박살 낸다는 백보신권(百步神拳)이었다.

쾅!

"제길!"

혈옹이 충격파를 견디지 못하고 피를 토하는 그때, 하늘 위에서 백팔나한승과 태청백호검이 떨어지고 있었다.

"남궁 시주를 내놓아라!"

혈옹은 광란마기를 극성으로 운기하며 일장을 터뜨렸다.

"내가 천시를 순순히 내놓을 줄 아느냐!"

거친 폭발과 피 냄새가 사방에 퍼졌다.

기회를 노리고 있던 귀검이 난전 속으로 몸을 던지며 은강밀밀(銀江密密)을 전개했다.

콰콰콰콰!

감숙 옥문에서 벌어진 혈사.

그것은 아수라가 뛰노는 아수라장과 욕심에 눈먼 아귀들이 난리를 치는 아비규환의 장이었다.

         *   *   *

"잘되고 있구려."

경태는 흡족한 미소를 띠었다.

유사도 고개를 끄덕였다.

"저 정도면 상(上)은 아니더라도 중최상(中最上)은 될 듯합니다.

"이대로 저자들이 모두 죽을 수 있다면 그보다 좋을 게 어디 있겠느냐마는 아직 혼란은 찾아오지 않았으니."

"저들뿐만 아니라 이미 감숙으로 올라오고 있는 강호인들이 한둘이 아니라고 합니다. 이미 이곳에 등장한 소림과 무당은 물론, 가까이에 있는 공동과 사천의 당가, 청성, 아미까지 제자들을 이끌고 올라온다 합니다."

경태는 비소를 날렸다.

"제아무리 탕마멸사를 외치고 정의를 부르짖는다고 하나, 역시나 정파 놈들이 더 욕심에 눈이 멀었군."

"자기들만이 최고라 생각하는 그 사상이 어디로 가겠습니까?"

"하긴, 그것도 그렇소. 그 외에 달리 움직이는 곳은 없소?"

"팽가가 움직인다고 합니다."

"팽가? 설마?"

유사는 고개를 끄덕였다.

"굉음벽도가 은거를 깼답니다. 그 외에 의검선(義劍仙)도 세상에 나올 것이라는 소문이 무당산 균현에 퍼져 있고, 심지어 이패(離覇)의 움직임도 심상치 않다고 합니다."

궁주는 기가 차다는 표정을 지었다.

"성란육제에 이어서 고천사패까지?"

팽가의 굉음벽도와 무당의 의검선은 성란육제, 삼정에 해당하는 절대고수다. 그들이 나타난다는 것도 놀라운 일인데, 이제는 강호에서 손을 뗐다고 알려진 사패의 이패까지 등장하다니.

"일이 너무 커지는 것 아닌가 모르겠소."

우려의 목소리와는 다르게 궁주의 입은 웃고 있었다.

"도박이든 음모든, 그것이 어떻게 되었든 판이 커야 제 맛이지요."

"마교 쪽은 어떻소?"

경태의 의향은 십만대산으로 향했다. 그가 바라는 것은 강호의 혼란. 만약 마교가 천시쟁패를 빌미로 칠년지약을 깨뜨리고 강호에 등장한다면 그보다 좋을 일은 없기 때문이었다.

하지만 유사의 표정은 좋지 않았다.

"그것이……."

"무슨 일이 있소?"

"마교 쪽의 움직임은 감지되지 않고 있습니다."

"그게 무슨 뜻이오? 그 무에 미친 광인들이 천시를 노리지 않는다니?"

"정확한 이유는 판단되지 않고 있지만, 아무래도 십만대산 내에 큰일이 벌어진 것 같습니다. 그 일단의 소동으로 인해 마인들의 발목이 잡혔다고 하였습니다."

"쯧, 이렇게 중요한 때에. 아깝지만 어쩔 수 없겠구려. 그래도 우리의 첫 목표는 달성한 것이나 마찬가지이니 마음 편하게 구경만 하면 되겠구려."

"그렇습니다."

"한데, 독사는 놀러 간다고 하더니 여태 코빼기도 비치지 않고, 대체 어디로 간 것이오?"

궁주의 물음에 유사가 속을 짐작할 수 없을 미소를 지어 보였다.

"재밌는 일을 하러 갔습니다."

"재밌는 일?"

"곧 모습을 드러낼 것입니다. 지금 하시듯이 편안하게 감상하시면 됩니다."

"유사가 그렇게까지 말하니 정말 궁금해지는구려. 여하튼 천시쟁패가 계속 이대로 계획처럼 잘 진행되었으면 하는데……."

"커다란 변수가 생기지 않는 한 이번 대계는 절대 실수하지 않을 것입니다."

"그 변수가 벌어지지 않도록 하늘에 기원하여야겠소. 핫핫!"

하지만 경태는 변수가 생길 것이라 생각하지 않았다.

그만큼 이번 천시쟁패에 제천궁이 투자한 시간과 돈, 노력은 엄청난 것이기에.

그래서 더욱 예측하지 못했을지도 모른다.

전혀 새로운 인물의 등장을.

이미 그 변수와 제천궁은 옛날부터 악연의 고리로 엮여 있어 이제는 절대 피할 수 없는 악연(惡緣)이 되고 말았다.

그리고 지금, 그 악연이 나타났다.

*   *   *

쿵!

갑작스레 터진 폭발.

혈옹을 중심으로 벌어진 난전 사이로 거대한 열풍이 불었
다.

이 때문에 혈옹에게로 쇄도했던 백팔나한승과 태청백호
검, 그리고 귀검이 충격파를 이기지 못하고 튕겨났다.

버섯 모양으로 일어난 거친 폭발.

모래 안개가 자욱한 그때, 누군가의 발걸음 소리가 군웅들
의 귓가로 들려왔다.

저벅저벅.

하우는 인상을 찌푸리며 소리쳤다.

"누구냐!"

모래 안개 사이로 괴한이 나타났다. 눈가에는 건을 두르고
알 수 없는 재질로 만들어진 흑색 전포를 두른 자. 새하얗다
못해 눈밭을 연상케 하는 도신이 보였다.

소혼이었다. 그는 왼팔로 남궁린을 안고, 오른손으로는 분
천도와 함께 무언가를 질질 끌고 나왔다. 소혼은 시커멓게 탄
무언가를 앞으로 던졌다.

털썩.

쓰레기마냥 버려진 그것은 형체를 알아볼 수 없을 정도로
타버렸지만 전체적인 키나 몰골로 보았을 때 혈옹이 분명했
다.

"……!'

그 난전 속으로 몸을 던져 혈옹을 베어버릴 정도의 실력이라니. 전혀 생각도 하지 못한 강자의 등장에 귀검도, 하우도, 무각 대사도 잔뜩 긴장했다.

소혼은 남궁린의 맥을 짚어보았다.

안색이 좋지 않고 몸이 자꾸 차가워지는 것이 분명 뭔가가 이상했다.

'음한지기?

그것도 보통 음한지기가 아닌, 소혼의 화륜과 맞먹을 정도로 상극인 음한지기였다.

북해빙궁의 빙공을 습득하지 않는다면 절대 가질 수 없을 만큼 차가웠다. 그리고 소혼이 알기로 남궁세가의 공녀가 북쪽 새외로 가서 무공을 익혔다는 소리는 들어본 적이 없었다.

'병인가?

천음절맥의 증상에 대해서 모르는 그이기에 가질 수 있는 의문이었다.

따스한 남자의 향기에 정신이 든 남궁린이 살며시 미소를 지으며 말했다.

"오셨어요? 이곳은… 위험한데……."

"말하지 않았소. 나는 낭인이라고. 설파에게서 의뢰를 받았다오. 소저를 세가까지 안전하게 호위해 달라고 의뢰비까지 미리 받은 터라 어쩔 수 없었다오."

"그런가요?"

남궁린은 이상하게 평온함을 느끼는 자신에게 의문을 던졌다. 분명 이렇다 할 연이 있는 남자도 아닌데, 어쩌면 이들처럼 천시를 노리고 달려든 사람일지도 모르는데 이상하게도 긴장감이 들지 않았다.

처음 십만대산에서 그를 만났을 때에 느꼈던 것처럼 오빠의 품에 안긴 것 같았다.

"피곤한 것 같은데 잠시 눈 좀 붙이고 있구려. 남직예까지 가는 길은 머니 푹 쉬어도 무방하오."

"그럼… 조금만 잘게요."

남궁린은 그 말을 끝으로 수면에 빠졌다. 천음절맥의 기운에 몸이 많이 지친 탓이었다. 소혼은 남궁린이 혹여나 도중에 깰까 재차 수혈을 짚었다.

그런 후에 소혼은 군웅들에게로 시선을 돌렸다. 방금 전까지만 해도 웃고 있던 그의 얼굴은 싸늘하게 굳어 있었다.

분천도를 들었다.

공력을 불어넣자 새하얀 도신이 붉게 달아올랐다.

"지금부터 이 여인은 내가 호위한다."

그 말과 함께 소혼은 칼을 휘둘렀다.

촤악!

소혼의 앞으로 깊은 선이 그려졌다.

"지금부터 이곳을 넘어오는 자는 누구를 막론하고 벨 것이다."

"……!"

광호한 한마디였다.

귀검이 모패산을 베고 나서 오만하게 굴었다지만, 이것은
그보다 더 심했다.

선을 하나 그어놓고 넘어오면 죽이겠다니. 그것은 곧 여차
하면 이곳에 모인 수백의 군웅을 모두 죽이겠다는 것과 같지
않은가.

"이런 미친 놈! 누구를 졸로 아나!"

혈심편(血心鞭) 윤창겸은 자신이 살고 있는 광서 지방에서
제법 명성이 자자한 절정고수였다.

그렇지 않아도 흉곤마, 귀검에 이어 강한 자들이 계속 나타
나 골이 잔뜩 나 있었는데, 어디 듣도 보도 못한 맹인 따위가
천상화를 업고서 오만하게 굴고 있으니 배알이 꼴리지 않을
수 없었다.

그것은 윤창겸뿐만이 아니었다. 다른 이들도 대부분이었
다.

상대가 혈웅을 죽였다고 하나 기습으로 얻어낸 결과에 지
나지 않는다고 생각했다. 그들은 자신들이 한꺼번에 덤비면
저런 맹인 따위는 쉽게 처치할 수 있을 거라 판단했다.

팟!

팟!

천시, 남궁린을 노린 승냥이들이 사방에서 덤벼든다.

소혼은 이를 보며 짧게 중얼거렸다.

"나는 분명히 경고했다."

화르르륵!

"선을 넘는다면 죽일 것이라고."

분천도가 불을 뿜었다. 붉게 타오른 도신이 광염을 새하얗게 태우며 단숨에 승냥이들의 머리 위로 떨어졌다.

촤악!

그걸로 끝이었다, 열여섯 명의 고수가 세상에서 종적을 감춘 것은. 마교에서도 그러하였듯이 시체는 남아 있지 않았다.

모두가 충격에 빠졌다.

제아무리 천시에 눈먼 자라고 해도 이렇게 대놓고 학살극을 벌인 자는 단연코 아무도 없었다.

그것이 개세마두나 사파인들이라면 또 모를까, 남존 무당과 북두 소림이 두 눈을 뜨고 있는 이 상황에서 이런 살수라니.

무각 대사가 사자후를 터뜨렸다.

"시주께서는 어째서 이리도 잔인한 짓을 저지르는 것이오!"

소혼은 싸늘한 어조로 입을 열었다.

적이 소림이어도 전혀 신경 쓰지 않는다는 투였다.

"나는 분명히 경고했다, 이 선을 넘지 말라고."

"그렇다고 해서 무의미한 살상을 저지를 필요까지는 없지 않소!"

"그럼 욕망에 두 눈이 멀어 살심을 품고 달려드는 이들을 살려주란 말인가? 잘 들어라, 땡초! 이곳은 전장이지 너희 중들이 법문을 설파하는 곳이 아니다! 칼을 든 그 순간부터 죽이는 자와 죽는 자만이 있을 뿐이다!"

소혼의 눈에는 저들이 외치는 욕망에 눈먼 사마외도나 남궁린을 차지하게 달려든 소림의 백팔나한승이나 다 같아 보였다.

마교에서 무공을 익혔기 때문인지는 몰라도 그의 두 눈에는 저들이 겉으로는 그럴듯한 말을 던져도 안으로는 다른 무인들과 다를 바 없어 보였다.

"시주에게는… 대살성(大殺星)의 빛이 보이오. 도저히 말로써는 구제할 수 없을 것 같소. 지금이라도 참회하고 남궁 시주를 내놓는다면 무공을 폐하는 것으로 죄를 용서해 드리겠소!"

"그러지 못하겠다면?"

"살계를 열 수밖에. 지금의 그 선택을 원망토록 하시오."

무각 대사는 백팔나한승에게 명을 내렸다.

"개진(開陣)!"

"개진이오!"

촤촤촤촤!

백여덟 명의 나한승이 일사불란하게 움직이기 시작했다. 백팔나한진. 마두들을 베기 위해 소림이 힘을 모아 탄생시킨 대진(大陣)이었다.

이를 알아본 군웅들은 백팔나한진의 기류에 휘말리지 않기 위해 최대한 간격을 벌렸다. 귀검과 하우도 마찬가지였다.

소혼은 항마의 기운을 피부로 느끼면서 비소를 흘리며 작게 중얼거렸다.

"무각, 너희는 예나 지금이나 달라진 것이 없구나."

정마대전의 전선에 뛰면서 소혼은 수많은 이들을 만났다. 개중에는 무각을 비롯한 하우, 귀검 등 신주삼십이객에 속하는 이들 역시 거의 다 만나보았다.

지금이야 비연이 아닌 소혼으로 살기에 아는 척하지 않은 것이지만, 세월이 흐른 지금까지도 저들은 별반 달라진 것이 없다는 생각이 들었다.

그가 인정하는 자는 귀검뿐.

항마승 무각이나 청수신검 하우는 제 사문을 등에 업은 소인배밖에 되지 않았다.

"나의 앞길을 막는다면 오로지 벨 뿐."

소혼은 칠보환천을 밟으며 열권풍을 터뜨렸다.

콰르르릉!

불꽃이 회오리가 되어 진을 휘감고, 칼바람을 품은 열풍이 사방을 찢고 또 찢었다.

일순, 백팔나한진의 기류가 살짝 흔들렸다.

소혼은 지신과 가장 가까이에 있는 나한승과의 거리를 바짝 좁히며 일도참을 날렸다.

퍽!

계인이 박힌 민둥머리가 처참하게 박살 났다. '탕마!' 라고 외치는 나한승 두 명이 철장(鐵杖)을 들고서 압박해 왔다.

소혼은 왼팔로 남궁린을 단단하게 고정시키고서 분천도를 세차게 돌렸다.

촤아아악!

칼끝에서부터 불꽃이 넘실대며 크게 확장했다. 붉은 칼날을 들이대며 원을 그리자 삽시간에 열 명에 해당하는 나한승의 몸에 불이 붙었다. 불꽃은 곧 그들의 몸을 집어삼켰다.

소혼은 어기충소의 수법으로 높이 뛰어오르며 광염을 연신 터뜨렸다.

쾅!

붉은 불꽃이 스쳐 지나가는 자리에는 어김없이 나한승의 목이 날았다.

광염사도가 빛을 뿜자 다섯 명의 나한승 몸 정중앙에 혈선이 그어지더니 곧 화마에 휩쓸려 사라졌다.

화르르륵!

사방은 삽시간에 화마의 불길에 휩싸여 붉은 혓바닥을 날름거렸다.

"피해!"

"다가가면 죽는다!"

"백염을 조심해!"

군웅들은 광염을 백염이라 외치며 도망치기에 바빴다.

소혼은 불바다 속을 신출귀몰하게 넘나들었다. 다행히 남궁린이 다칠 걱정은 하지 않아도 되었다. 병인지는 몰라도 그녀의 몸속에 자리 잡은 한기는 광염의 화기 정도는 거뜬히 물리칠 정도였다.

"이놈!"

백팔나한진이 깨진 지는 오래였다. 속출하는 백팔나한승의 죽음에 무각 대사는 분을 토했다. 대승범천신공의 기력을 끌어올리며 백보신권을 터뜨렸다.

펑!

하지만 그 공탄(空彈)조차 광염을 꺼뜨릴 수 없었다.

쉭!

소혼은 분천칠도와 함께 무각 대사와의 간격을 줍혔다. 분천도가 불을 뿜었다.

동시에 무각 대사의 왼팔이 하늘 위로 치솟았다.

"아깝군."

"대사형!"

마지막 일격을 끝내려는데, 무각 대사를 구하기 위해 그의 사제들이 죽음의 위기를 무릅쓰고 달려들었다. 소혼은 어쩔 수 없이 퇴보를 밟으며 거리를 확보하고서 그들의 목을 단숨에 날려 버렸다.

백팔나한승의 무적 신화가 깨지는 순간이었다.

푸우우우!

"마군(魔軍)이 나타나다니……."

무각 대사는 삽시간에 화마에 휩쓸린 백팔나한승들을 보며 할 말을 잃은 듯했다.

"이놈! 감히 이런 학살극을 잔행하다니! 정녕 하늘이 무섭지 않느냐!"

하우가 서릿발 같은 기세로 소리쳤다. 백팔나한진이 속수무책으로 깨지는 것을 확인하였음에도 그는 태청백호검과 함께 기습을 감행했다.

이 정도의 위신을 보였다면 힘이 다하였을 거라는 판단에 서였다. 이곳에서 그를 쓰러뜨린다면 그 영광을 무당이 다 차지할 수 있었다.

'이 정도면 저 마두라도!'

하우는 스스로의 연극에 만족감을 표했다. 여태껏 소림에 눌려왔던 무당의 위상이 북두를 꺾을 것이라 믿는 듯했다.

하나, 소혼은 별반 달라진 것이 없는 표정으로 하우와 태청백호검을 보았다.

"귀찮군."

사도수 시절에도 능히 혼자서 화산의 매화백검수를 처치

할 정도였던 그가 아닌가. 하물며 그때보다 몇 단계 진보한 지금에야.

소혼은 왼손을 펼쳐 열권풍을 장력으로 바꾸었다.

화아아악!

염룡이 검은 불길을 내뿜었다.

"피해!"

하우가 위험을 알아차리고 소리쳤다. 하지만 백 명의 제자 중 절반 가까이가 그 소리를 듣지 못했다. 오십여 명이 잿더미로 변하는 것은 순식간의 일이었다.

쉭!

그리고 열풍 사이로 소혼은 분천도를 흩날렸다.

하우는 검은 불길이 사라진 후 세상이 붉게 물들고 있다는 착각에 빠졌다. 제자들의 죽음을 인식하기도 전에 의식이 끊어졌다.

퍽!

무당과 대제자의 죽음은 너무나 허망했다.

착.

소혼은 가볍게 땅에 착지하고서 외쳤다.

"아직도 달려들 자, 더 있는가?"

혈옹이 죽었다. 무각 대사가 한쪽 팔을 잃었다. 하우가 죽고, 백팔나한승의 전설이 깨졌으며, 태청백호검 중 절반 이상이 주검도 남기지 못하고 재가 되어 사라졌다.

성란육제가 와도 쉬이 해내지 못할 무쌍(無雙)의 신위(神威)에 군웅은 할 말을 잃고 말았다.

"내가 상대해도 되겠소?"

그때, 가만히 소혼과 백팔나한진의 싸움을 지켜보고 있던 낭인 한 명이 앞으로 나섰다.

'귀검?'

소혼은 그를 단박에 알아보았다.

사도수 시절에 신주삼십이객 중에서 유일하게 맞수로 인정했던 이였다.

'강해졌군.'

소혼은 심안으로 귀검의 기파를 읽었다. 귀검은 옛날보다 몇 배는 더 강해진 것 같았다. 이미 초절정을 뛰어넘고 절대위의 영역에 다다른 듯했다.

'수라마검보다도 강해졌다.'

성란육제와 맞먹는 실력이라니.

소혼에게 시고가 있듯 귀검에게도 어떤 연이 닿았는지 모른다.

하지만 자신이 강해진 만큼 숙적도 강해졌다는 사실에 소혼은 지금 이 순간만큼은 진한 호승심을 느꼈다.

소혼은 화륜진기를 끌어올렸다.

열기가 그들 사이를 잠식했다.

쉭!

검과 도가 질주를 시작했다.

챙!

천혼검과 분천도.

두 무기가 맞닥뜨리자 강렬한 기파가 사방을 압도했다.

쾅!

'너라면 충분히 이것을 상대할 만하겠군.'

분천도의 도신 위로 붉은색 화룡(火龍)이 모습을 드러내기 시작했다.

대살성(大殺星), 도마(刀魔), 백염도(白炎刀), 혈풍마도(血風魔刀) 등으로 불리게 되는 무적도(無敵刀) 신화의 시작이었다.

『신도무쌍』 3권에 계속…

은하의 계곡

무천향
武天鄉

허담 新무협 판타지 소설

뿌리를 찾아가는 목동 파소의 여행.
그 여정의 끝에서
검 든 자들의 고향 대무천향 (大武天鄉)을 만난다.

검객 단보, 그는 노래했다.

…모든 검 든 자들의 고향 무천향.
한 초식의 검에 잠든 용이 깨어나고, 또 한 초식의 검에 잠든 바다가 일어나네.
검의 흐름을 따라가다 보면 어느새, 세월도 잊어버리고, 사랑도 잊어버리고,
무공도 잊어버려…….
결국에는 자신조차 잊어버리는…….

은하의 가장 밝은 빛이 되어버린다는
그 무성(武星)들의 대지(大地).

아, 대무천향(大武天鄉)이여!

유행이 아닌 자유추구 -
WWW.chungeoram.com
Book Publishing CHUNGEORAM

閻王眞武

염왕진무

김석진 新무협 판타지 소설

"그, 그럼 어디서 오셨습니까?"
무심하게 고개를 돌리며 진무가 속삭이듯 말했다.

……지옥에서.

인간이라면 절대 익힐 수 없다는 강호삼대불가득!
그것에 얽힌 비사를 풀기 위해 그가 강호로 나섰다!
피처럼 붉은 무적의 강기, 혼돈혈애를 전신에 두르고
수라격체술과 염왕보로 천하를 질타하는 쾌남아, 진무!
염왕의 진실한 무학을 발현하여 무림삼패세와 고금십대천병을
이겨내고 속세의 악업을 심판하는 진정한 염왕이 되어라!

이제 강호는 진무의
일거수일투족에 열광한다!

유행이 아닌 자유추구 -
WWW.chungeoram.com
Book Publishing CHUNGEORAM

신일룡
新무협 판타지 소설

풍신유사

光

1

2

風
풍신유사

퇴···를 구청하는
제 7··· ···이 있었다.

그것은 빛[光], 땅[地], 그리고 물[水]이었다.
이것들이 서로 조화되어 만휘군상(萬彙群象)을 이루었다.
그리고 이들 사이에서 또 하나의 기운이 탄생했으니,

그것은 바로 바람[風]이었다.

'풍령문' 제삼십구대 전인 관우.
제세(濟世)의 사명을 위한 길이 그의 앞에 펼쳐졌다.

"사람이 어찌 하늘의 뜻을 다 알 수 있을꼬?"

바람에 미쳐 바람이 된 자.
사람이되 신이 되어버린 자.
하늘의 뜻을 좇아 하늘을 거역한 자.

이것은 그에 관한 '남겨진 이야기[遺事]'다.

유행이 아닌 자유추구 -
WWW. chungeoram.com
Book Publishing CHUNGEORAM

絶代君臨
절대군림

장영훈 新무협 판타지 소설

문피아 골든베스트 1위, 선호작 베스트 1위

「표표무적」, 「일도양단」, 「마도쟁패」에 이은 장영훈의 네 번째 강호이야기.

절대군림

"왜 나를 선택했지?"
"당신은 좋은 어른이니까."

호북 제패를 시작으로 적이건의 강호 제패가 시작된다.

"비록 아버지의 강호가 옳다 해도, 난 어머니의 강호에서 살 거야.
아버지의 강호는 너무… 고리타분하거든."

왼손에는 군자검을, 오른손에는 지옥도를 든 천하제일 과일상 행운유수의 장남 적이건.
그의 유쾌하고 신나는 강호제패기

"문파를 세울 거야. 이 강호에서 가장 강하고 멋진."